EDIÇÕES BESTBOLSO

O anel de ametista

Um dos maiores nomes da literatura francesa nas duas primeiras décadas do século XX, Anatole France (1844-1924), cujo nome verdadeiro era Jacques Anatole François Thibault, sempre se opôs a todas as formas de opressão e defendia os direitos do homem, o livre exercício da crítica e a liberdade. O escritor tornou-se conhecido mundialmente por meio de seus textos refinados, de tom cético e sutil. Em 1921 foi agraciado com o Prêmio Nobel de Literatura. Anatole France recompõe toda a vida de um grande centro da província francesa nos quatro volumes da série História Contemporânea:

Volume 1: À sombra do olmo
Volume 2: O manequim de vime
Volume 3: O anel de ametista
Volume 4: Monsieur Bergeret em Paris

ANATOLE FRANCE

O anel de ametista

Volume 3 da série *História Contemporânea*

Tradução de
JOÃO GUILHERME LINKE

EDIÇÕES
BestBolso
RIO DE JANEIRO – 2010

CIP-BRASIL. CATALOGAÇÃO-NA-FONTE
SINDICATO NACIONAL DOS EDITORES DE LIVROS, RJ

France, Anatole, 1844-1924
F884a O anel de ametista / Anatole France; tradução de João Guilherme Linke – Rio de Janeiro: BestBolso, 2010.
(História contemporânea; v.3)

Tradução de: L'anneau d'améthyste
ISBN 978-85-7799-112-9

1. Romance francês. I. Linke, João Guilherme. II. Título. III. Série.

CDD: 843
09-4516 CDU: 821.133.1-3

O anel de ametista, de autoria de Anatole France.
Título número 137 das Edições BestBolso.
Primeira edição impressa em janeiro de 2010.
Texto revisado conforme o Acordo Ortográfico da Língua Portuguesa.

Título original francês:
L'ANNEAU D'AMÉTHYSTE

www.edicoesbestbolso.com.br

Design de capa: Luciana Gobbo com foto de Pierre Carriere-Belleuse intitulada "La Place Pigalle, Paris, 1880s" (Getty Images).

Impresso no Brasil

ISBN 978-85-7799-112-9

1

A senhora Bergeret abandonou o lar conjugal, como tinha anunciado, indo para a casa da viúva senhora Pouilly, sua mãe.

No último instante, pensara não partir mais. Por pouco que a tivessem forçado, teria permitido esquecer o passado e retomar a vida comum, só conservando por monsieur Bergeret* um pouco de desprezo, por ter sido um marido ludibriado.

Estava prestes a perdoar. Mas a inflexível estima com que a sociedade a cercava não lhe permitira. A senhora Dellion explicou-lhe que tal fraqueza seria julgada desfavoravelmente. Os salões da cidade foram unânimes. Não houve entre os negociantes senão uma opinião: a senhora Bergeret devia partir para o seio da família. Desse modo, conservava firmemente a virtude e, ao mesmo tempo, livrava-se de uma criatura indiscreta, grosseira, comprometedora, cuja vulgaridade se evidenciava ao próprio vulgar, e que incomodava a todos. Fizeram-na compreender que era uma justa partida.

– Minha querida, eu a admiro – dizia-lhe, do fundo de sua poltrona, a velha senhora Dutilleul, viúva imperecível de quatro maridos, mulher terrível, desconfiada de tudo, menos de ter amado, portanto, honrado.

---

*Optamos por manter a grafia francesa para monsieur Bergeret a fim de preservar o título, já consagrado, do volume 4 desta coleção. (*N. do E.*)

A senhora Bergeret sentia-se contente por inspirar simpatia à senhora Dellion e admiração à senhora Dutilleul. Ainda assim, hesitava em partir, pois era, de instinto, caseira e tranquila, satisfeita com a vida indolente e mentirosa. Nessa conjuntura, monsieur Bergeret redobrou-se de estudo e cautelas para assegurar sua libertação. Prestigiou com mão firme a criada Maria, que mantinha a miséria, o terror e o desespero na casa acolhendo, segundo se afirmava, ladrões e assassinos na cozinha e não se manifestando senão por meio de catástrofes.

Oitenta e seis horas antes do dia fixado para a partida da senhora Bergeret, essa mulher, bêbada como de hábito, espalhou querosene do lampião no quarto da patroa e ateou fogo nos cortinados de cretone azul do leito. Nesse meio-tempo, a senhora Bergeret passava o serão na casa de sua amiga senhora Lacarelle. Ao entrar no quarto, viu os traços do sinistro no terrível silêncio da casa. Gritou em vão pela criada, caída de bêbada, e pelo marido de pedra. Longamente contemplou os despojos do incêndio e os sinais lúgubres feitos pela fumaça no teto. Esse acidente banal tomou para ela um aspecto místico, assombrando-a. Afinal, como a vela estava prestes a se extinguir e ela estivesse exausta e com frio, deitou-se no leito, sob a carcaça carbonizada da abóbada, onde palpitavam manchas negras que lembravam asas de morcegos. De manhã, ao acordar, chorou os cortinados azuis, lembrança e símbolo dos anos idos. Atirou-se descalça, em camisa, descabelada, negra do desastre, gritando e gemendo, no apartamento silencioso. Monsieur Bergeret nada respondeu, pois ela estava diante dele como se estivesse ausente.

À noite, com o auxílio da criada Maria, puxara a cama para o meio do quarto desolado. Reconheceu, entretanto, que quarto não era mais, a despeito de tudo, lugar de repouso, e que urgia abandonar a residência onde durante 15 anos cumprira os deveres ordinários da vida.

O engenhoso monsieur Bergeret, tendo tomado de aluguel para sua filha Paulina e para ele um pequeno refúgio na Place Saint-Exupère, mudou-se, instalando-se cuidadosamente.

Indo e vindo sem descanso, colado às paredes, trotava com agilidade de camundongo surpreendido nas demolições. Rejubilava-se no fundo do coração, escondendo a alegria, pois era discreto.

Advertida de que estava próximo o prazo de entregar as chaves ao proprietário e de que era indispensável partir, a senhora Bergeret ocupou-se igualmente de despachar os móveis para sua mãe, que habitava uma casinha nas cercanias de uma pequena cidade do norte. Fazia trouxas de roupa e de trapos, empurrava móveis, dando ordens ao carregador, espirrando com a poeira levantada, e escrevia em cartões o endereço da viúva Pouilly.

A senhora Bergeret extraiu do esforço alguma vantagem moral. O trabalho é bom para o homem. Ele o distrai da própria vida, afasta-o da própria vida aterradora; impede-o de contemplar o outro, que é ele mesmo, e lhe torna a solidão horrível. O trabalho é um soberano remédio da ética e da estética. O trabalho tem, ainda, isso de excelente, pois distrai nossa vaidade, engana nossa impotência e comunica-nos a esperança de um bom acontecimento. Nós nos envaidecemos de influir por seu intermédio nos destinos. Não concebendo os resultados necessários que ligam nosso esforço à mecânica universal, parece-nos que esse esforço se dirige em nosso favor, contra o resto da máquina. O trabalho nos dá a ilusão da vontade, da força e da independência. Ele nos diviniza aos nossos próprios olhos. Ele faz de nós, a nossos próprios olhos, heróis, gênios, demônios, demiurgos, deuses, Deus. Sem dúvida alguma, nunca chegamos a conceber Deus senão como operário. Por isso mesmo, a senhora Bergeret encontrou na arrumação dos trastes a alegria natural e a feliz energia de suas forças animais. Cantava romanças fazendo embrulhos. O sangue rápido das veias compunha-lhe uma alma contente. Adivinhava um futuro propício. Figurava, com coloridos risonhos, a permanência na cidadezinha flamenga, entre sua mãe e suas duas filhas mais moças. Esperava rejuvenescer, tornar-se agradável, brilhar, encontrar simpatias, homenagens. Quem sabe se a fortuna não estava à sua espera na terra natal dos Pouilly, em um segundo casamento depois do divórcio decidido a seu favor? Não poderia ainda casar-se com um homem agradável e austero, proprietário, agricultor ou funcionário, bem diferente de monsieur Bergeret?

Os cuidados da arrumação concediam-lhe também satisfações particulares, vantagens de alguns resultados evidentes. Não satisfeita de se apoderar, dos móveis que trouxera para o casal, e de boa parte das compras em comum, atochava nas malas os objetos que deveria, equitativamente, deixar à outra parte. Desse modo, embrulhou nas suas camisas uma taça de prata que monsieur Bergeret guardara como recordação de sua avó materna. Desse modo, ainda, juntou às próprias joias, que não eram de valor extraordinário, em verdade, a corrente do relógio do pai de monsieur Bergeret, adido da universidade, que, tendo recusado em 1852 prestar juramento ao Império, morrera em 1873, esquecido e pobre.

A senhora Bergeret só interrompia o trabalho para fazer visitas, melancólicas e triunfantes. A opinião geral era-

 lhe favorável. Os julgamentos dos homens variam e não

existe lugar no mundo onde prevaleça o acordo unânime dos espíritos. *Tradidit mundum disputationibus corum.* A própria senhora Bergeret era motivo de controvérsias corteses e de secretas desavenças. As senhoras da sociedade burguesa, na maioria, consideravam-na correta, pois que a recebiam. Várias, entretanto, suspeitavam que a aventura com o senhor Roux não fosse de todo inocente; algumas chegavam mesmo a dizê-lo. Esta reprovava-a; aquela escusava-a; aquela outra, enfim, aplaudia-a, atirando a culpa em monsieur Bergeret, que era um homem ruim.

Isso ainda era objeto de dúvida. Havia pessoas capazes de sustentar que monsieur Bergeret lhes parecia tranquilo e afável, odioso apenas por seu espírito sutil, que chocava o espírito comum.

O senhor de Terremondre afirmava que monsieur Bergeret era amabilíssimo. Ao que a senhora Dellion respondia que se ele fosse realmente bom teria conservado sua mulher, ainda que ela fosse pérfida.

– Aí – dizia ela – estaria a bondade. Não há mérito algum em se acomodar com uma mulher encantadora.

E a senhora Dellion dizia também:

– Monsieur Bergeret esforça-se por deter sua mulher em casa. Mas esta o abandona com razão. É o castigo de monsieur Bergeret.

Desse modo, a senhora Dellion tinha opiniões que não se acordavam bem, porque os pensamentos humanos são conduzidos não pela força da razão, mas pela violência dos sentimentos.

Ainda que o mundo seja incerto nos julgamentos, a senhora Bergeret teria deixado na cidade uma boa reputação se, na véspera exata de sua partida, em visita à senhora Lacarelle, não tivesse encontrado o senhor Lacarelle a sós no salão.

O senhor Gustavo Lacarelle, chefe de gabinete do prefeito, tinha bigodes longos, espessos e louros que, fixando-lhe a fisionomia, lhe denunciavam, desde logo, o caráter. Na mocidade, na Escola de Direito, os estudantes achavam-lhe semelhanças com esses gauleses que se veem esculpidos e pintados pelos últimos românticos. Alguns observadores mais sutis, percebendo que os longos pelos estavam situados sob pouco nariz e dominados por um olhar plácido, chamavam Lacarelle de o *Foca*. Mas este apelido não prevaleceu sobre o de *Gaulês*. Lacarelle ficou sendo o *Gaulês* para seus camaradas, que admitiram a ideia de que ele devia beber muito, bater-se em todos os encontros e derrubar as mulheres, a fim de se ajustar em realidade, como na aparência, ao personagem que se acredita ser o do francês ao longo dos tempos. Forçavam-no, nas refeições em comum, a beber mais do que desejaria, e não entravam com ele numa cervejaria sem que o empurrassem por cima de uma criada carregada de bandejas. Logo que regressou à terra natal para casar-se e quando, por uma sorte única nesse tempo, foi adido à administração central do departamento de onde era originário, Gustavo Lacarelle foi ainda chamado *Gaulês* pela nata dos magistrados advogados e funcionários que lhe frequentavam a casa. Mas a turba ignorante não lhe concedera esse cognome honroso antes do ano de 1885, no qual foi inaugurado, na esplanada da Ponte Nacional, a estátua de Éporédorix.

Vinte e dois anos antes, na presidência de Thiers, fora decidido que se ergueria um monumento, por subscrição nacional, com a participação do Estado, ao chefe gaulês Éporédorix, que no ano 52 a.C. amotinara contra César a população ribeirinha, colocando em perigo a pequena guarnição romana, destruindo as pontes de madeira por ela lançadas a fim de garantir as comunicações com o Exército. Os arqueólogos da cabeça de comarca acreditavam que esse feito d'armas tinha ocorrido na sua cidade, fundando essa convicção numa passagem do *Comentários*, que permitia a cada sociedade sábia da região afirmar que a ponte de madeira destruída por Éporédorix estava situada justamente na cidade onde ela se estabelecera. A geografia de César está cheia de incertezas; o patriotismo local é orgulhoso e ciumento. A sede do departamento, três prefeituras e três cidades principais da comarca disputavam a glória de ter massacrado os romanos com a espada de Éporédorix.

As autoridades competentes decidiram a questão em favor da sede da administração departamental. Era uma cidade aberta que em 1870, depois de uma hora de bombardeio, teve de, não sem tristeza nem cólera, deixar que o inimigo penetrasse seus muros, já em ruínas no tempo do rei Luís XI, e cobertos de hera. Suportara os rigores da ocupação militar, tendo sido castigada e racionada. O projeto de um monumento à memória do chefe gaulês foi acolhido aí com entusiasmo. A cidade, sentindo-se humilhada, tornou-se reconhecida ao antigo compatriota por lhe ter concedido um motivo de orgulho. Éporédorix reunira todos os cidadãos num sentimento de amor filial. Seu nome não despertou desconfiança em nenhum dos partidos políticos que então dividiam a França. Oportunistas, radicais, constitucionais, monarquistas, orleanistas, bonapartistas contribuíram com doações para a empresa e a subscrição foi coberta pela metade no mesmo ano. Os deputados do departamento obtiveram a adesão do Estado para completar a soma necessária. A estátua de Éporédorix foi encomendada a Mathieu Michel, o mais jovem discípulo de David d'Angers, aquele a quem o mestre denominava o filho da velhice. Já nos seus 50 anos, Mathieu Michel lançou-se logo à obra, atacando o barro com mão generosa, mas um pouco constrangida, pois, escultor republicano, não tinha modelado coisa alguma durante o Império. Em menos de dois anos terminou a imagem, cujo modelo em gesso foi exposto no salão de 1873, no meio de tantos outros chefes gauleses reunidos sob vastas vidraças, entre palmeiras e begônias. Por motivos de formalidades burocráticas, o mármore só foi executado ao cabo de cinco anos. Depois disso surgiram tantas dificuldades administrativas, tantos conflitos se criaram entre a cidade e o Estado, que toda gente acreditou que a estátua de Éporédorix não seria nunca erguida no terraço da Ponte Nacional.

Entretanto, foi erguida em junho de 1895. A estátua, remetida de Paris, foi recebida pelo prefeito, que dela fez solene entrega ao presidente da Câmara. O escultor Mathieu Michel acompanhava sua obra. Tinha, então, mais de 70 anos. A cidade em peso viu-lhe a cabeça de leão, de longa juba branca. A inauguração do monumento realizou-se em 7 de junho, sendo ministro da instrução pública o senhor Dupont, prefeito do departamento o senhor Worms-Clavelin, e presidente da Câmara o senhor Trumelle. O entusiasmo não foi tanto quanto teria sido, sem dúvida, no dia seguinte à invasão, nas horas de indignação. Aplaudiram-se os discursos dos oradores e os uniformes dos oficiais. E quando a cortina verde que escondia Éporédorix caiu, a cidade gritou em uníssono: "O senhor Lacarelle!... É o senhor Lacarelle!... É o retrato perfeito do senhor Lacarelle!..."

De fato, ainda lhe faltava alguma coisa. Mathieu Michel, discípulo e êmulo de David d'Angers, aquele a quem o velho mestre denominava seu Benjamim, o escultor republicano e patriota, o insurreto de 48, o voluntário de 70, não reproduzira precisamente o senhor Gustave Lacarelle no mármore heroico. Não! O chefe de olhar feroz e doce que apertava sua espada contra o coração e parecia meditar, sob o capacete de asas largas, a poesia de Chateaubriand e a filosofia histórica do senhor Henri Martin, esse militar banhado de melancolia romântica, não era, como dizia a voz do povo, o retrato perfeito do senhor Lacarelle. O secretário do gabinete do prefeito tinha olhos grandes e esbugalhados, o nariz curto e redondo na ponta, maçãs do rosto frouxas, queixo grosso; o Éporédorix de Mathieu Michel lançava ao horizonte um olhar de pupilas fundas, seu nariz era reto, o contorno do rosto, puro e clássico. Mas ele tinha, como o senhor Lacarelle, terríveis bigodes, cujos longos ramos curvos se divisavam de todos os pontos do horizonte.

A multidão, chocada com a semelhança, saudara unanimemente o senhor Lacarelle com o nome glorioso de Éporédorix. E, desde então, o chefe do gabinete do prefeito viu-se obrigado a realizar publicamente o tipo popular do *Gaulês* e de acomodar assim, em todas as circunstâncias, seus atos e palavras. Lacarelle conseguiu-o muito bem, porque para tanto fora preparado desde a Escola de Direito e porque só lhe exigiam que fosse oportunamente jovial, alegre e chulo. Todos achavam que ele tinha muito jeito para beijar as mulheres e então ele se tornou um grande beijocador. Mulheres, moças e moçoilas, belas e feias, jovens e velhas, eram por ele beijadas sempre, e sem pensar no mal, pois era homem de bons costumes.

Por isso mesmo, encontrando por acaso a senhora Bergeret sozinha no salão onde ela aguardava a senhora Lacarelle, ele a beijou profundamente. A senhora Bergeret não ignorava os hábitos do senhor Lacarelle. Mas sua vaidade, que era forte, perturbou-lhe o julgamento, que era fraco.

Acreditou estar sendo beijada por amor e sentiu movimentos confusos que lhe encheram o peito de um grande tumulto e a fizeram fraquejar das pernas, de modo que ela escorregou palpitante nos braços do senhor Lacarelle. Este foi tomado de surpresa e embaraço. No entanto, sentiu-se lisonjeado no amor-próprio. Sentou como foi possível no divã a senhora Bergeret e, inclinado para ela, lhe disse, numa voz tomada de simpatia:

– Pobre senhora!... Tão encantadora e tão infeliz!... Vai abandonar-nos, então!... Partirá amanhã?...

Deu-lhe um beijo inocente na testa. A senhora Bergeret, cujos nervos estavam abalados, explodiu subitamente em lágrimas e soluços. Depois, lentamente, gravemente, dolorosamente, retribuiu o beijo do senhor Lacarelle. Nesse justo momento, a senhora Lacarelle entrou no salão.

No dia seguinte, a cidade inteira julgava severamente a senhora Bergeret, que ali se tinha demorado um dia a mais.

2

O duque de Brécé recebia nesse dia, em Brécé, o general Cartier de Chalmot, o padre Guitrel e o senhor Lerond, substituto demissionário. Visitaram as estrebarias, o canil, o viveiro dos faisões, falando, entretanto, do *Affaire.**

Ao tranquilo declínio do dia, entraram arrastando os passos ao longo da grande aleia do parque. Diante deles er-

*Trata-se do caso Dreyfus, que Anatole France denomina sempre *Affaire*, sem mais nada (*N. do T.*)

guia-se no céu cinzento esmaecido a fachada pesada do castelo, carregada de frontões e culminada pelo teto à imperial.

– Repito – disse o senhor de Brécé –, a agitação despertada em torno desse *Affaire* não é, nem pode ser, senão manobra execrável dos inimigos da França.

– E da religião – ajuntou docemente o padre Guitrel –, e da religião. Não se pode ser um bom francês sem ser um bom cristão. Vemos que o escândalo é provocado principalmente por livres-pensadores e franco-maçons, por protestantes.

– E judeus – redarguiu o senhor de Brécé –, judeus e alemães. E que audácia incrível de pôr em dúvida a sentença de um Conselho de Guerra! Porque, enfim, não é admissível que sete oficiais franceses se tenham enganado.

– Não, seguramente, não é admissível – disse o padre Guitrel.

– Em tese – disse o senhor Lerond –, um erro judiciário é uma coisa inverossímil. Direi mesmo que é uma coisa impossível, uma vez que a lei oferece garantias aos acusados. Digo-o em favor da justiça civil. Digo-o também em favor da justiça militar. Diante do Conselho de Guerra, o acusado, se não encontra todas as garantias nas formas um pouco sumárias do processo, poderá achá-las no caráter dos juízes. A meu ver, já é um ultraje ao Exército a dúvida oposta à legalidade de uma sentença decretada por um Conselho de Guerra.

– O senhor tem toda a razão – disse o senhor de Brécé. – De resto, pode admitir-se que sete oficiais franceses se tenham enganado? Pode admitir-se, general?

– Dificilmente – respondeu o general Cartier de Chalmot. – Eu admitiria, de minha parte, muito dificilmente.

– O sindicato da traição! – exclamou o senhor de Brécé. – É incrível!

A conversa mansa morreu. O duque e o general viram faisões numa clareira e, tomados do desejo instintivo de matar, lamentaram, no íntimo, não disporem de uma espingarda.

– O senhor possui as mais belas caças da região – disse o general ao duque de Brécé.

O duque de Brécé refletia.

– Não importa – disse –, os judeus não trarão felicidade à França.

O duque de Brécé, filho mais velho do falecido duque, que brilhara entre os soldados da cavalaria ligeira, na Assembleia de Versailles, tinha entrado na vida pública depois da morte do conde de Chambord. Não conhecera os dias de esperança, as horas de luta ardente, as empresas monarquistas, divertidas como uma conspiração, apaixonadas como um ato de fé; não vira o leito de tapeçaria oferecido ao príncipe pelas damas do castelo, as bandeiras, os lábaros, os cavalos brancos que deviam trazer o rei. Deputado hereditário de Brécé, entrou no Palais-Bourbon com sentimentos de surda inimizade pelo conde de Paris e o secreto desejo de não ver jamais o trono restaurado pelo ramo mais moço. Fora, daí, monarquista e fiel. Foi enredado nas intrigas, que não compreendia, envolveu-se nos seus votos, divertiu-se em Paris e, por ocasião de se renovar a Câmara, foi derrotado em Brécé pelo doutor Cotard.

Desde então, consagrou-se à agricultura, à família, à religião. Dos domínios hereditários, que se compunham em 1789 de 112 paróquias, compreendendo 170 homenagens, quatro terras tituladas, 18 castelanias, restavam-lhe 800 hectares de terras e florestas, em torno do castelo histórico de Brécé. Suas caças concediam-lhe no departamento uma

 glória que não conhecera no Palais-Bourbon. As florestas de

Brécé e de Guerche, onde caçara Francisco I, eram também célebres na história eclesiástica da região: ali se encontrava a capela venerada de Nossa Senhora das Belas Folhas.

– Guarde bem o que lhe digo – repetiu o duque de Brécé –: os judeus não trarão felicidade à França... Mas, então, por que não nos desembaraçaremos deles? Seria tão simples!

– Seria excelente – respondeu o magistrado. – Mas não é tão simples como crê, senhor duque. É indispensável, para apanhar os judeus, fazer primeiro boas leis sobre a naturalização. É sempre difícil fazer uma boa lei que corresponda aos intuitos dos legisladores. Dispositivos legislativos que, como esses, modificarão inteiramente nosso direito público são de redação bastante difícil. E não é certo, infelizmente, que se encontre governo para propô-los ou sustentá-los, e um Parlamento para votá-los... O Senado é mau...

"À medida que se desenrola aos nossos olhos a experiência da história, descobrimos que o século XVIII é um vasto erro do espírito humano e que a verdade religiosa se acha inteira na tradição da Idade Média. Breve se imporá na França, como já se impôs na Rússia, a necessidade de renovar em relação aos judeus os métodos em uso no mundo feudal, sociedade tipicamente cristã.

– É evidente – disse o senhor de Brécé –; a França cristã deve pertencer aos franceses e aos cristãos e não aos judeus e protestantes.

– Bravo! – disse o general.

– Há, na minha família – prosseguiu o senhor de Brécé –, um ancestral chamado, não sei por quê, Nariz de Prata, que fazia a guerra na província no tempo de Carlos IX. Ele mandou enforcar na árvore cuja copa desnuda vemos lá embaixo 636 huguenotes. Pois bem, tenho orgulho, confesso, de descender de Nariz de Prata. Herdei-lhe o ódio aos hereges. Detesto os judeus, como ele detestava os protestantes.

– São sentimentos muito louváveis, senhor duque – disse o padre Guitrel –, louváveis e dignos do grande nome que o senhor carrega. Permita-me apenas fazer uma observação, a propósito de um ponto particular. Os judeus não eram considerados, na Idade Média, hereges. Herege é aquele que, tendo sido batizado, conhece os dogmas da fé e altera-os, combatendo-os. Tais foram ou tais são os arianos, os novacianos, os montanhistas, os pricilianistas, os maniqueus, os albigenses, os vaudois, os anabatistas, os calvinistas, tão bem-acomodados por vosso ilustre avô Nariz de Prata, e tantos outros, sectários ou defensores de alguma opinião contrária à crença da Igreja. O número é considerável. Certamente, a diversidade é própria do erro. Os indivíduos não se detêm no limiar funesto da heresia; o cisma produz o cisma ao infinito. Não nos encontramos diante da Igreja verdadeira senão da poeira das igrejas. Aprendi com Bossuet, senhor duque, uma definição admirável do herege: "Um herege", diz Bossuet, "é aquele que tem uma opinião sua, que segue o próprio pensamento e seu sentimento particular." Ora, o judeu, não tendo recebido nem o batismo nem a verdade, não pode ser considerado herege.

"De modo que a Inquisição não se atira contra um judeu só porque seja judeu, e, se ela abandonou algum ao braço secular, foi como profanador, blasfemo ou corruptor dos fiéis. O judeu, senhor duque, seria antes um infiel, pois que denominamos assim aqueles que, não sendo batizados, não acreditam de modo algum nas verdades da religião cristã. Ainda mais, não devemos absolutamente considerar o judeu como um infiel da mesma sorte de um maometano ou um idólatra. Os judeus têm um lugar único e singular na economia das verdades eternas. Recebem da teologia uma designação conforme seu papel na tradição. Na Idade Média, eram chamados testemunhas. É indispensável admirar a força e a exatidão desse termo. Deus conserva-os, com efeito, para que sirvam de testemunhas e garantia das palavras e dos atos sobre os quais é fundada nossa religião. Não se deve dizer que Deus torna de caso pensado os judeus obstinados e cegos a fim de que sirvam de prova ao cristianismo; mas Ele se vale da obstinação dos judeus, livre e voluntária, para nos fortalecer em nossa crença. Ele conserva-os no seu desígnio entre as nações.

– Mas, enquanto isso – disse o senhor de Brécé –, eles tomam-nos nosso dinheiro e destroem nossas energias nacionais.

– E insultam o Exército – disse o general Cartier de Chalmot –, ou melhor, fazem com que sejamos insultados por ladradores a soldo.

– É criminoso – observou o padre Guitrel com doçura. – A salvação da França está na união do clero e do Exército.

– Então, senhor reverendo, por que defende os judeus? – perguntou o duque de Brécé.

– Bem longe de defendê-los – respondeu o padre Guitrel –, condeno neles o erro imperdoável que é o de não crer na divindade de Jesus Cristo. Nesse ponto, sua obstinação continua invencível. O que creem é crível. Mas não acreditam em tudo quanto é indispensável acreditar. Desse modo, atraíram a reprovação que lhes pesa. Esta depende da nação e de modo algum dos indivíduos, e não poderia atingir os israelitas convertidos ao cristianismo.

– Para mim – alega o senhor de Brécé –, os judeus convertidos me são tão odiosos ou mais, talvez, que os outros judeus. É a raça que odeio.

– Permita-me não acreditar em nada disso – senhor duque – disse o padre Guitrel –, pois seria pecar contra a doutrina e a caridade. E o duque pensa, estou certo disso, que convém julgar com simpatia, numa certa medida, os israelitas não convertidos por suas boas intenções e liberalidade em favor de nossas obras pias. Não se pode negar, por exemplo, que as famílias R * * * e F* * * tenham dado, a esse propósito, exemplo que deveria ser seguido em todas as casas cristãs. Direi mesmo que a senhora Worms-Clavelin, conquanto não seja ainda abertamente convertida ao catolicismo, cedeu, em várias circunstâncias, a inspirações verdadeiramente angélicas. Devemos à esposa do prefeito a tolerância que desfrutam, no meio da perseguição geral, nossas escolas congreganistas.

"Quanto à senhora baronesa de Bonmont, judia de nascimento, é cristã, de feito e de espírito, e imita, de alguma forma, as santas viúvas dos séculos passados, que davam às igrejas e aos pobres parte de suas fortunas.

– Esses Bonmont – disse o senhor Lerond – chamam-se na realidade Gutenberg, e são de origem alemã. O avô enriqueceu fabricando absinto e vermute, venenos; foi condenado três vezes como contrafator e falsificador. O pai, industrial e financista, fez fortuna escandalosa com especulação e trapaças. Desde então, sua viúva deu um cibório de ouro a monsenhor Charlot. Essa gente faz-me pensar nos dois procuradores que, depois de terem ouvido um sermão do bom padre Maillard, diziam um ao outro, baixinho, na porta da igreja: "Compadre, é preciso, pois, restituir?"

– É notável – continuou o senhor Lerond – que não exista mais questão semítica na Inglaterra.

– É porque os ingleses não têm mais o coração tocado como o nosso – disse o senhor de Brécé – nem o sangue quente como o nosso.

– Seguramente – disse o senhor Lerond. – Aprecio essa advertência, senhor duque, mas é talvez também porque os ingleses empregam capitais na indústria, enquanto nossas populações laboriosas reservam os seus à economia, isto é, à especulação, ou seja, aos judeus. O mal vem de que temos as instituições, as leis e os costumes da Revolução. A salvação está no pronto regresso ao Antigo Regime.

– É exato – disse o duque de Brécé, pensativo.

Iam assim tagarelando. Súbito, diante deles, pelo caminho que o falecido duque tinha aberto no seu parque aos moradores do burgo, passou uma caleça de brancos, rápida, alegre, vistosa, levando, no meio de roceiras com chapéu florido e agricultores de blusa, um rapagão jovial, de barba ruiva, fumando seu cachimbo, que fez menção de contar os faisões – o doutor Cotard, deputado em exercício do distrito de Brécé, antigo domínio de Brécé.

– É um espetáculo no mínimo estranho – disse o senhor Lerond, sacudindo o pó levantado pela carruagem – ver o oficial de saúde Cotard representar no Parlamento estas paragens de Brécé, que vossos antepassados, senhor duque, encheram, durante oitocentos anos, de glória e benemerências. Ainda ontem eu relia, no livro do senhor Terremondre, a carta que o duque de Brécé, vosso tataravô, escreveu em 1787 a seu intendente, na qual deixa transparecer a bondade do coração. Lembra-se dessa carta, senhor duque?

O senhor de Brécé respondeu que achava que sim, mas que os termos exatos não lhe ocorriam.

E logo o senhor Lerond citou, de memória, as frases essenciais dessa carta comovente:

– "Soube", escrevia o bom duque, "que se têm desolado os moradores de Brécé, impedindo-os de colher morangos na floresta. Encontrar-se-á o segredo de me tornar odioso e isso me causará um dos mais vivos desgostos que poderia ter neste mundo."

– Encontrei ainda – prosseguiu o senhor Lerond – interessantes detalhes sobre a vida do bom duque de Brécé nos apontamentos do senhor de Terremondre. O duque passou aqui mesmo, sem se inquietar, os piores dias. Sua magnanimidade assegurou-lhe, durante a Revolução, o amor e o respeito dos antigos vassalos. Em troca dos títulos que um decreto da Assembleia Nacional lhe arrebatara, recebera o de comandante da Guarda Nacional de Brécé. O senhor Terremondre informa-nos ainda que, a 20 de setembro de 1792, a municipalidade de Brécé apresentou-se no pátio do castelo e aí plantou uma árvore da Liberdade, na qual foi colocada esta inscrição: *Homenagem à virtude.*

– O senhor Terremondre – replicou o duque de Brécé – colheu seus apontamentos nos arquivos de minha família. Mandei que fossem franqueados a ele. Infelizmente, nunca tive tempo de conhecê-los eu mesmo. O duque Louis de Brécé de que falou, apelidado o bom duque, morreu de desgosto em 1794. Era dotado de um caráter benévolo, a que os próprios revolucionários quiseram prestar homenagem. Toda gente concorda quando reconhece que ele se honrou por sua fidelidade ao rei; que foi bom senhor, bom pai e bom marido. Não é preciso dar importância alguma às pretensas revelações formuladas por um tal senhor Mazure, arquivista departamental, segundo as quais o bom duque manteve relações íntimas com as suas mais lindas vassalas e exerceu com prazer o privilégio das primícias de leito. De resto, aí está um direito bem hipotético e do qual, por meu lado, nunca encontrei traços nos arquivos de Brécé, que já foram revolvidos em parte.

– Esse direito – disse o senhor Lerond –, se algum dia existiu, em qualquer província, se limitava a uma dívida de

carne e vinho, que os servos deviam fornecer aos senhores

antes de contratar casamento. Creio lembrar-me de que, em certas localidades, essa dívida se pagava em dinheiro e que era de três moedas.

– Sob esse aspecto – redarguiu o senhor de Brécé –, acredito que o bom duque não faça jus às acusações formuladas por esse senhor Mazure, que já me informaram ser um mau espírito. Infelizmente...

O senhor de Brécé soltou um ligeiro suspiro e recomeçou com voz um pouco mais fraca e velada:

– Infelizmente, o bom duque lia muitos livros ordinários. Encontraram-se na biblioteca do castelo edições inteiras de Voltaire e de Rousseau, encadernadas em marroquim, com suas armas. Ele sofreu, de qualquer modo, a influência detestável que as ideias filosóficas exerciam, no fim do século XVIII, em todas as classes da nação e mesmo, é preciso dizer, na alta sociedade. Tinha a mania de escrever. Redigiu memórias de que possuo o manuscrito. A senhora de Brécé e o senhor de Terremondre já lhes passaram os olhos. Admira encontrar nessas memórias alguns traços do espírito voltairiano. O senhor de Brécé aí se mostra, às vezes, favorável aos enciclopedistas. Mantinha correspondência com Diderot. Daí não me julgar capaz de autorizar a publicação dessas memórias, malgrado as solicitações de vários eruditos da região e do próprio senhor de Terremondre.

"O bom duque compunha lindamente versos. Enchia cadernos inteiros de madrigais, epigramas e contos. É perdoável. O que é menos perdoável, porém, é que ele se deixasse empolgar, nessas poesias fugitivas, a ponto de ironizar as cerimônias do culto e mesmo os milagres operados com a intervenção de Nossa Senhora das Belas Folhas. Peço-lhes, meus amigos, que nada digam. Isso deve ficar entre nós. Ficaria triste de ter divulgado essas anedotas como pasto à maledicência pública e à curiosidade malsã de um senhor Mazure. Esse duque de Brécé é meu tataravô. Levo muito longe o espírito de família. Acredito que os amigos não me censurem.

– Há, senhor duque – disse o padre Guitrel –, ensinamento precioso e grande consolo a extrair dos fatos que acaba de revelar. Podemos concluir que a França, caída no século XVIII na irreligião e conquistada pela impiedade até as altas camadas, a ponto de os homens respeitáveis por vários motivos, como o senhor duque, vosso tataravô, se consumirem com a falsa filosofia, que a França, punida nos seus crimes por uma horrível revolução, cujos efeitos ainda se sentem, tenha se rendido ao arrependimento e visto renascer a piedade em todas as classes e particularmente nas classes mais elevadas. Um exemplo como o vosso, senhor duque, não poderia ser perdido; se o século XVIII, considerado em conjunto, pode parecer o século do crime, o XIX, visto do alto, poderá ser chamado, se não exagero, o século da escusa gentil.

– Ah! Se fosse a verdade! – suspirou o senhor Lerond. – Não ouso esperar por isso. Posto em contato, pela minha profissão de advogado, com a massa da população, acho-a quase sempre indiferente ou mesmo hostil em matéria religiosa. Minha experiência do mundo, permita-me dizê-lo, senhor reverendo, dispõe-me a participar da tristeza profunda do padre Lantaigne, longe de acolher vosso otimismo. E, sem sair daqui, não veem que a terra cristã de Brécé se tornou o feudo do doutor Cotard, ateu e franco-maçon?

– E quem sabe – perguntou o general – se o senhor de Brécé não se encontra em condições de vencer o senhor Cotard nas próximas eleições? Disseram-me que a luta não é impossível e que em grande número os eleitores se mostram dispostos a votar pelo castelo.

– Minha resolução é firme – respondeu o senhor de Brécé. – Ninguém me fará mudar. Não apresentarei minha candidatura. Não disponho do que é indispensável para representar os eleitores de Brécé e os eleitores de Brécé não têm o que é preciso para que eu os represente.

Esse modo de ver fora-lhe inspirado por ocasião de sua derrota eleitoral pelo senhor Lacrisse, seu secretário, e, desde então, gostava de repeti-lo cada vez que tinha oportunidade.

Nesse momento, o duque e seus hóspedes viram aproximar-se três senhoras que, tendo descido os degraus da escada externa, avançavam pela grande aleia do parque.

Eram as três senhoras de Brécé – a mãe, a esposa e a filha do atual duque –, todas altas, corpulentas, cabelos puxados para trás, a tez queimada, o rosto coberto de manchas sardentas, vestidas de lã escura e calçadas com sapatos pesados. Iam à capela de Nossa Senhora das Belas Folhas, situada no parque, a meio caminho do burgo e do castelo, à margem de uma fonte.

O general propôs que as acompanhassem.

– Não poderíamos fazer nada melhor – disse o senhor Lerond.

– Seguramente – retrucou o padre Guitrel –, tanto mais que o santuário, restaurado pelo carinho do senhor duque e coberto de rica decoração, oferece aos olhares o mais agradável aspecto.

O padre Guitrel tinha interesse particular pela capela de Nossa Senhora das Belas Folhas. Tinha-lhe escrito a história numa brochura arqueológica e piedosa, concebida para atrair os peregrinos. A origem do santuário remontava, segundo ele, ao reino de Clotário II. "Nessa época", dizia o historiador, "Santo Austregésilo, carregado de anos e de obras, esgotado pelos trabalhos apostólicos, construiu com as próprias mãos, nesse lugar deserto, uma cabana para aí esperar, na meditação, a hora da morte bem-aventurada e um oratório, a fim de guardar uma imagem milagrosa da Santa Virgem." Essa afirmação fora vivamente combatida no *Farol* pelo senhor Mazure. O arquivista departamental sustentava que o culto de Maria era posterior ao século VI e que, na época em que se presume ter vivido Austregésilo, não havia imagens da Virgem. Ao que o reverendo Guitrel respondeu, em *A Semana Religiosa*, que os próprios druidas, antes do nascimento de Jesus Cristo, veneravam a imagem da Virgem que deveria ser mãe, e que, assim, em nossa velha terra, destinada a ver florescer numa singular explosão o culto da Santa Virgem Maria, tivera altares e imagens, por assim dizer, proféticas, como o demonstram as sibilas, e que precederam sua vinda ao mundo; que, por conseguinte, não havia motivo de surpresa no fato de Santo Austregésilo possuir, no tempo de Clotário II, uma imagem da Santa Virgem. O senhor Mazure tratou de sonhos os argumentos do reverendo Guitrel. Ninguém, a não ser monsieur Bergeret, curioso de tudo, tinha lido essa polêmica.

"O santuário, erguido pelo santo apóstolo", prosseguia na sua brochura o padre Guitrel, "foi reconstruído com uma grande magnificência no século XIII. Por ocasião das guerras religiosas que desolaram a região no século XVI, os protestantes incendiaram a capela, sem conseguirem contudo destruir a imagem, que escapou milagrosamente às chamas. O santuário foi restabelecido segundo a vontade do rei Luís XIV e sua piedosa mãe, mas foi destruído de alto a baixo, durante o terror, pelos comissários da Convenção, que transportaram a imagem milagrosa ao pátio do castelo de Brécé, com o mobiliário da capela, fazendo

 uma fogueira alegre. Um pé da Virgem foi, felizmente,

subtraído às chamas por uma boa camponesa que o conservou preciosamente, envolto em velhas roupas, no fundo de uma caldeira, onde foi achado em 1815. Esse pé foi implantado na nova imagem executada em Paris, em 1852, graças à generosidade do falecido duque de Brécé." O reverendo Guitrel enumerava, depois, os milagres realizados desde o século VI até nossos dias pela intervenção de Nossa Senhora das Belas Folhas. Nossa Senhora das Belas Folhas era especialmente invocada para as afecções das vias respiratórias e do pulmão. Mas o reverendo Guitrel afirmava que ela havia expulsado, em 1871, os soldados alemães do burgo e do castelo de Brécé e curado milagrosamente dois policiais móveis da Ardèche enviados ao castelo de Brécé, convertido, então, num hospital.

ELES ATINGIRAM o fundo de um estreito vale onde corria um riacho entre pedras luminosas. Ali, numa base de montículos esparsos, coroados de carvalhos anões, erguia-se o oratório de Nossa Senhora das Belas Folhas, reconstruído, de acordo com os planos do senhor Quatrebarbe, arquiteto diocesano, num estilo moderno e devoto que o comum da gente acreditava ser gótico.

– Esse oratório – disse o reverendo Guitrel –, incendiado em 1559 pelos calvinistas e despojado pelos revolucionários em 1793, não era mais do que um monte de escombros. Como um novo Neemias, o senhor duque de Brécé acaba de reerguer o santuário. O papa atribui-lhe este ano numerosas indulgências, com o propósito, sem dúvida, de reavivar nesta terra o culto da Santa Virgem. O senhor Charlot veio aí celebrar em pessoa os santos mistérios. E, desde então, afluíram os peregrinos. Vêm de todos os pontos da diocese; vêm mesmo dos lugares circunvizinhos. Ninguém duvida que esse zelo e esse afluxo atraiam graças importantes para a região. Eu mesmo tive a felicidade de levar ao pé da Virgem das Belas Folhas várias famílias honestas do bairro das Tintelleries. E, com a permissão do duque de Brécé, rezei muitas vezes a missa no altar privilegiado.

– É verdade – disse a senhora de Brécé. – Percebo que o reverendo Guitrel dá mais interesse à nossa capela do que o senhor cura de Brécé.

– Esse bom senhor Traviès! – disse o duque. – É um excelente padre, mas um caçador apaixonado. Ele só pensa em atirar nas perdizes. Outro dia, regressando de uma extrema-unção que levara a um moribundo, abateu três peças.

– Poderão, meus senhores – disse o padre Guitrel –, contemplar, através dos ramos desfolhados, a capela que, na bela estação, desaparece sob a espessa folhagem.

– Uma das razões – retruca o senhor de Brécé – pelas quais resolvi reerguer a capela de Nossa Senhora das Belas Folhas é que vim a saber, depois de pesquisas feitas nos meus arquivos, que o grito de guerra de minha família era: *Brécé Nossa Senhora!*

– É curioso – disse o general Cartier de Chalmot.

– Não é? – perguntou a senhora de Brécé.

No momento em que as senhoras de Brécé, seguidas do senhor Lerond, atravessavam o riacho, pela ponte rústica apoiada na base da capela, uma moça de 13 ou 14 anos, maltrapilha, os cabelos de um branco enxovalhado como sua fisionomia, escorregava por fora da erva marginal do outro lado do barranco, subia os degraus e lançava-se no oratório.

– É Honorina! – disse a senhora de Brécé.

– Estava, desde longo tempo, curioso de vê-la – afirmou o senhor Lerond. – Agradeço-lhe, minha senhora, a ocasião que me oferece de satisfazer a curiosidade. Falou-se tanto a seu respeito.

– Efetivamente – disse o general Cartier de Chalmot. – Essa moça tem sido motivo de verdadeiros inquéritos.

– O senhor de Goulet – redarguiu o reverendo Guitrel – frequenta assiduamente o santuário de Nossa Senhora das Belas Folhas. Agrada-lhe passar longas horas ao pé dessa que chama sua mãe.

– Nós estimamos muito o senhor de Goulet – afirmou a senhora de Brécé. – É pena que tenha uma saúde tão delicada!

– Ai de mim! Sim! – retrucou o padre Guitrel. – Suas forças declinam dia a dia.

– Ele devia meter-se em casa – disse a senhora de Brécé –, procurar repouso.

– Poderá, minha senhora? – inquiriu o padre Guitrel. – A administração da diocese não lhe concede um instante de tranquilidade.

As três senhoras de Brécé, o general, o reverendo Guitrel, o senhor Lerond e o senhor de Brécé viram, entrando na capela, Honorina em êxtase ao pé do altar.

A menina ajoelhada, mãos juntas e pescoço esticado, não se movia. Eles respeitaram o estado misterioso em que a encontraram e, tomando água benta em silêncio, passearam lentamente os olhos do tabernáculo gótico aos vitrais representando Santo Henrique com os traços do conde de Chambord, São João Batista e Santo Guy, cujas fisionomias foram executadas segundo fotografias do conde João, morto em 1867, e do defunto conde Guy, membro, em 1871, da Assembleia de Bordéus.

Um véu cobria a imagem de Nossa Senhora das Belas Folhas que dominava o altar. Mas na parede, pintada em cores vivas, do lado do Evangelho, por cima da pia, mantinha-se de pé, muito branca, envolta na sua capa azul, Nossa Senhora de Lourdes.

O general voltou-lhe os olhos afeiçoados por cinquenta anos de respeito mecânico e contemplou a capa azul como se fora a bandeira de uma nação antiga. Tinha sido sempre espiritualista. Considerara sempre a crença na vida futura como a própria base dos regulamentos militares. Com a idade e a moléstia, tornou-se piedoso e praticante. Desde alguns dias, sem deixar perceber, ele estava conturbado, um tanto consternado com os recentes escândalos. Sua candura horrorizava-se com semelhante tumulto de palavras e de paixões. Vagos temores agitavam-no. Pediu intimamente a Nossa Senhora de Lourdes que protegesse o Exército francês.

Todos agora – as senhoras, o duque, o advogado, o padre – demoravam os olhos atraídos pelos sapatos esburacados de Honorina imóvel. Graves, espessos e mornos, imobilizavam-se de admiração diante desses pequenos quadris de gata brava, arredondados. E o senhor Lerond, que se tinha em conta de observador, formulava observações.

Enfim, Honorina saiu do êxtase. Ergueu-se, reverenciou o altar, voltando-se como que surpresa de ver tanta gente, deteve-se, juntando com as duas mãos os cabelos que lhe cobriam os olhos.

– E então, minha filha, viu a Santa Virgem, desta vez? – perguntou a senhora Brécé.

Honorina escolheu, para responder, sua voz de catecismo, a voz aguda e ampliada das respostas aprendidas:

– Sim, minha senhora. A boa Virgem demorou-se um bom momento, depois rolou como um véu. Em seguida, nada mais vi.

– Ela falou?

– Sim, minha senhora.

– Que disse ela?

 – Disse-me: “Há bastante miséria em tua casa.”

– Não disse outra coisa?

– Disse: "Haverá muita miséria no campo, no produto das colheitas e dos rebanhos."

– Não disse, também, que devia ser comportada?

– "É preciso rezar", disse-me ela. Depois, disse assim: "Saúdo-te. Há muita miséria em tua casa."

As palavras da menina ressoavam num augusto silêncio.

– Era muito bela, a Santa Virgem? – inquiriu ainda a senhora de Brécé.

– Sim, minha senhora. Apenas faltavam-lhe um olho e um lado do rosto, porque não rezei o bastante.

– Tinha coroa na cabeça? – indagou o senhor Lerond, que, tendo pertencido à magistratura, era curioso e perguntador.

Honorina hesitou, assumiu um ar sonso e respondeu:

– Tinha a coroa de lado, na cabeça.

– À direita ou à esquerda? – inquiriu o senhor Lerond.

– À direita e à esquerda – redarguiu Honorina.

A senhora de Brécé interveio:

– Quer dizer, minha filha, ora à direita, ora à esquerda... É isto que pretende dizer?

Honorina não deu mais resposta.

Ela mergulhava, às vezes, em silêncios selvagens, abaixando os olhos, coçando o queixo no ombro e voltando as cadeiras. Deixaram de interrogá-la. Ela escapou-se para fora. E o senhor de Brécé deu esclarecimentos.

Honorina Porrichet, filha de agricultores, estabelecidos desde longos anos em Brécé e caídos numa completa decadência, tivera infância enfermiça. De inteligência lenta, foi considerada, primeiro, idiota. O senhor cura reprovava seu humor selvagem, o costume de fugir para o mato. Não lhe era favorável. Mas eclesiásticos esclarecidos que a viram, interrogaram-na, não descobrindo nela nada de mau. Frequentava as igrejas, onde se detinha em transfigurações que não eram de sua idade. Sua fé exaltou-se ainda nas vésperas da primeira comunhão. Ela foi vítima, a esse tempo, de uma tísica na laringe, sendo condenada pelos médicos. O doutor Cotard, entre outros, declarou-a perdida. Quando o novo oratório de Nossa Senhora das Belas Folhas foi inaugurado pelo senhor Charlot, Honorina passou a frequentá-lo assiduamente. Viu, então, a Santa Virgem, que lhe disse: "Sou Nossa Senhora das Belas Folhas." Um dia, Maria aproximou-se dela, tocando-lhe com o dedo a garganta e dizendo-lhe que estava curada.

– Honorina – acrescentou o senhor de Brécé – narrou ela própria esse episódio extraordinário. Fê-lo várias vezes, com simplicidade. Há quem diga que ela variou as declarações. Mas é certo que suas dúvidas não se relacionam senão com circunstâncias acessórias. É certo, também, que cessou subitamente de sofrer do mal que a atormentava. Os médicos, que a examinaram e auscultaram depois da aparição milagrosa, não encontraram nada de anormal nem nos brônquios nem nos pulmões. O próprio doutor Cotard confessou que não compreendia em absoluto essa cura.

– Que diz desses fatos? – perguntou o senhor Lerond ao padre Guitrel.

– São dignos de atenção – respondeu o reverendo. – Inspiram ao observador de boa-fé reflexões de toda espécie. Não se perderia nada em estudá-los. Quanto a acrescentar mais do que isso, é-me impossível. Decerto, não esconderia, como fez o senhor Lantaigne, com temerário desdém, fatos tão interessantes, tão consoladores. Não ousaria, tampouco, como o senhor de Goulet, qualificá-los de milagrosos. Abstenho-me.

– É preciso considerar – disse o senhor de Brécé –, no caso da jovem Honorina Porrichet, de uma parte a cura verdadeiramente extraordinária e, posso dizer, em oposição à ciência médica, e, de outra parte, as visões de que ela se diz correspondida. Ora, o senhor não ignora, reverendo, que os olhos dessa mocinha foram fotografados durante uma das visões, e a chapa, obtida pelo operador, cuja boa-fé não pode ser suspeitada, reproduziu a imagem da Santa Virgem impressa na pupila da vidente. Pessoas sérias afirmam ter visto essas fotografias e ter distinguido, com auxílio de uma forte lente de aumento, a imagem de Nossa Senhora das Belas Folhas.

– São fatos dignos de atenção – respondeu o padre Guitrel –, dignos da maior atenção. Mas é preciso saber resistir ao julgamento, não extrair, de modo algum, conclusões prematuras. Não imitemos os incrédulos que se apressam em concluir, à mercê de suas paixões. A Igreja, em matéria de milagres, é de extrema desconfiança. Exige provas e provas irrefutáveis.

O senhor Lerond perguntou se era possível encontrar as fotografias que mostravam a imagem da Santa Virgem nas pupilas da jovem Honorina Porrichet e o senhor de Brécé prometeu escrever, a propósito, ao fotógrafo, que tinha ateliê, acreditava ele, na cidade, na Place Saint-Exupère.

– Seja como for – disse a senhora de Brécé –, essa pequena Honorina é honestíssima e comportadíssima. Para tanto, é indispensável proteção do alto. Pois ela vive abandonada pelos pais, que a miséria e a doença abatem. Assegurei-me de que mantém boa conduta.

– O que não é o caso de todas as moças de sua idade, na aldeia – acrescentou a senhora duquesa decana de Brécé.

– É a pura verdade – disse o senhor de Brécé. – A desmoralização vai num crescendo nas classes agrícolas. General, posso lhe dar exemplos espantosos. Mas essa pequena Honorina é a inocência em pessoa.

ENQUANTO ESSAS conversas ocorriam ao pé da capela, Honorina encontrara Isidoro na mata da Guerche. Isidoro esperava-a, num leito de folhas secas. Esperava-a com impaciência, acreditando que lhe trouxesse alguma coisa para comer ou dinheiro, e também por amor a ela, pois era sua boa amiga. Fora ele próprio que, tendo visto logo os senhores e as senhoras do castelo dirigindo-se à capela, avisara depressa Honorina, para que corresse a cair em êxtase.

Perguntou-lhe:

– Que é que te deram? Deixa-me ver!

E como nada trouxesse, bateu-lhe, sem a ferir muito. Ela arranhou-o e o mordeu. Depois disse-lhe:

– De que serve isto?

Ele retrucou:

– Jura que não te deram nada!

Ela jurou. E chupando o sangue que formara pequenas bolhas nos braços, reconciliaram-se. Como nada tinham, divertiram-se por si mesmos, pedindo desculpas recíprocas. Isidoro, filho de uma viúva, mulher detestável, dada à bebida, não tinha pai conhecido. Passava a vida na floresta. Ninguém lhe dava atenção. Dois anos mais moço do que Honorina, tinha longa prática nas coisas do amor. Essas coisas tinham mesmo sido as únicas que não lhe faltaram nunca, sob as árvores da Guerche, de Lénonville e de Brécé. O que fazia com Honorina era por desfastio e falta de outra ocupação. Honorina punha nisso, em certos momentos, um prazer mais intenso. Mas não podia dar importância a ações tão comuns e fáceis. Bastava um coelho, um pássaro, um grande inseto para distraí-los.

O senhor de Brécé entrou no castelo com seus convidados. As paredes frias do vestíbulo estavam cobertas de restos de massacres, de chifres de veado, de cabeças de cervo e cornos que guardavam, no preparo do naturalista e sob as roeduras dos vermes, a tristeza dos berros, e cujo olho de esmalte parecia ainda derramar esse suor de agonia semelhante às lágrimas. Cornos, esgalhos de chifres de veado, ossos, cabeças de javalis, cabeças decepadas, troféus com os quais as vítimas celebravam seus ilustres matadores, gentis-homens de França, Bourbon de Nápoles e da Espanha. Sob a escada monumental ocultava-se um carro anfíbio, cuja caixa em forma de barco se desmontava e servia, nas caçadas, para travessia dos riachos. Ele era venerado por haver carregado reis no exílio.

O senhor Guitrel colocou cuidadosamente seu guarda-chuva de algodão sob a vista negra de um teto formidável e passou, em primeiro lugar, entre duas cariátides castigadas de Ducerceau, pela porta da esquerda, que dava para o salão, onde as três senhoras de Brécé, que já se encontravam no castelo, estavam junto à senhora de Courtrai, sua vizinha e amiga.

Trajadas de preto, pela série ininterrupta de lutos na família e de lutos principescos – muito simples, agrestes e monásticos –, essas senhoras conversavam entre si sobre casamentos e mortes, enfermidades e remédios, sob as pinturas dos tetos e dos retábulos, onde surgiam, aqui e ali, no escuro opaco das telas, a barba cinzenta de um Henrique IV, beijado por uma Minerva de fartos seios, a face pálida de um Luís XIII, oprimido pelas ancas flamengas da Vitória e da Clemência, de túnicas esvoaçantes, a nudez cor de tijolo de um velho, o Tempo, espalhando flores-de-lis, e ainda por toda parte as nádegas rechonchudas dos anjinhos que sustentavam o escudo de Brécé, com três archotes de ouro.

Entretanto, a senhora duquesa decana de Brécé tricotava cachecóis de lã preta para as órfãs. Ela empregava as mãos incessantemente e desafogava o coração desde o tempo já distante em que havia bordado uma colcha para o leito no qual o rei devia dormir em Chambord.

Nos consolos e nas mesas exibia-se uma multidão de fotografias, em quadros de cavalete, de coloridos e formas variadas, de pelúcia, de cristal, de níquel, de porcelana, de pele de lixa de madeira esculpida, de couro em alto relevo. Havia dourados, imitando ferradura, uma palheta com as tintas e os pincéis, uma folha de castanheiro, uma borboleta. E nesses quadros figuravam mulheres, homens, crianças, parentes ou aliados, príncipes da casa de Bourbon, prelados, o conde de Chambord e o papa Pio IX. À direita da chaminé, num consolo antigo sustentado por turcos dourados, o senhor Charlot sorria, com sua face larga, como um pai espiritual, aos jovens militares amontoados ao redor – oficiais, brigadeiros, soldados rasos –, trazendo à cabeça, no colarinho e ao peito tudo quanto o Exército democrático atribuiu como enfeite à sua cavalaria. Ele sorria aos adolescentes em uniformes de ciclista ou de polo; sorria às moças. Havia senhoras até nas mesas avulsas, senhoras de todas as idades, várias de traços acentuados, com ar de homens, duas ou três encantadoras.

– "Mame" de Courtrai! – exclamou o senhor de Brécé entrando após o general. – Como vai, querida "Mame"?

Prosseguindo num canto do vasto salão a conversa iniciada no parque com o senhor Lerond, concluiu:

– Pois que, enfim, o Exército é tudo o que nos resta. De quanto fazia outrora a força e a grandeza da França não subsiste senão o Exército. A República parlamentar abalou o governo, comprometeu a magistratura, corrompeu os costumes políticos. Só o Exército se mantém de pé nas ruínas. É por isso que digo que é um sacrilégio tocar nele.

Deteve-se. Não tendo o hábito de fixar de perto os problemas, demorava-se ordinariamente nas generalidades. Ninguém lhe contestava a nobreza dos sentimentos.

A senhora de Courtrai, até então fechada nas reflexões sobre tisanas, levantou a cabeça e voltou para o senhor de Brécé sua fisionomia de velha couteira.

– Espero que tenha cancelado a assinatura desse jornal que faz causa comum com os inimigos do Exército e da pátria. Meu marido devolveu à administração o número que continha o artigo... O senhor sabe... o artigo infame.

– Meu sobrinho – respondeu o senhor de Brécé – escreveu-me que foi redigida, no seu clube, uma petição exigindo o cancelamento das assinaturas e que a mesma se cobriu de nomes. Quase todos os sócios do clube aderiram, com a restrição de poderem comprar o jornal em número avulso.

– O Exército – disse o senhor Lerond – fica acima de todos os ataques.

O general Cartier de Chalmot rompeu o silêncio em que se tinha encerrado:

– Gosto de ouvi-los. Se todos tivessem, como eu, convivido com soldados, seriam agradavelmente surpreendidos em verificar as qualidades de sofrimento, disciplina, disposição e bom humor que fazem do soldado francês um utensílio tático de primeira ordem. Não me canso de dizer e repetir: tais unidades estão à altura de todas as tarefas. Afirmo, com a autoridade de um chefe que atingiu o fim da carreira, que, se se encara o espírito que o anima, o Exército francês merece todos os louvores. Ainda mais, tenho prazer em reconhecer os esforços perseverantes que marcaram a organização desse Exército de parte dos vários oficiais generais da mais alta capacidade e declaro que esses esforços foram coroados de sucessos maravilhosos.

Acrescentou, com voz mais fraca e mais grave:

– Só me resta citar a máxima de que é preciso considerar, em assuntos humanos, a qualidade de preferência ao número e fixar-se em formar corpos de escol. Exprimindo essas ideias, estou seguro de não ser contestado por nenhum grande capitão. Meu testamento militar se resume nesta fórmula: "O número não é nada. A qualidade é tudo." Acrescentarei que a unidade de direção é indispensável a um Exército e que esse grande corpo deve obedecer a uma vontade única, soberana, imutável.

Calou-se. O brilho de seus olhos pálidos estava afogado em lágrimas. Sentimentos confusos, inexplicáveis, invadiram a alma desse velho honesto e simples, o mais belo capitão, outrora, da guarda imperial, enfermo agora, gasto, perdido como numa floresta no meio desse mundo militar novo que não compreendia.

A senhora de Courtrai, que não gostava nada de teorias, voltou para o general um olhar de homem velho e feroz:

– General, uma vez que, graças a Deus!, o Exército é respeitado por todos, uma vez que ele é a única força em torno da qual nos conservamos reunidos, por que não será ele também governo? Por que não mandar um coronel com seu regimento ao Palais-Bourbon e ao Elysée?...

Deteve as palavras diante do rosto sombrio do general.

O SENHOR BRÉCÉ fez um sinal com o dedo ao senhor Lerond.

– O senhor não viu a biblioteca, senhor Lerond? Vou mostrá-la. O senhor gosta de livros antigos. Estou certo de que ela vai interessá-lo.

Através de uma galeria vasta e nua – cujo teto era coberto por uma pintura pesada, representando Apolo e Luís XIII esmagando os inimigos do reino, figurados por fúrias e hidras – o senhor de Brécé conduziu o advogado das congregações à sala onde o duque de Guy, marechal de França, governador da província, tinha instalado a biblioteca nos idos de 1605, no declínio de sua fortuna e de sua idade.

Era uma sala quadrada que, ocupando todo o andar térreo do pavilhão oeste, se iluminava ao norte, ao crepúsculo e ao meio-dia, por três janelas sem cortinas, desvendando três quadros claros, encantadores e magníficos: ao meio-dia, o gramado, um vaso de mármore no qual dois remadores foram colocados, as árvores do parque empertigadas pelo inverno, e, no fundo de uma aleia púrpura, as estátuas brancas de piscina de Galateia; ao crepúsculo, a Terra descobrindo o céu e o sol, como um ovo mitológico de luz e ouro, quebrado, espalhado nas nuvens; ao norte, sob uma nítida e fria claridade, os morros cultivados, a terra violácea, a ardósia e a fumaça distante dos tetos de Brécé, a torre fina, como uma agulha da igrejinha.

Uma mesa Luís XIV, duas cadeiras, um globo terrestre do século XVII, com a rosa dos ventos sobre a extensão inexplorada do Pacífico, decoravam esse quarto austero. Armários gradeados guarneciam as paredes até o teto. As prateleiras de madeira, pintadas de cinza, predominavam até a chaminé de vermelho antigo. Viam-se, através das malhas de arame de metal dourado, as lombadas floreadas dos livros antigos.

– A biblioteca – disse o senhor de Brécé – foi iniciada pelo marechal. O duque João, seu neto, enriqueceu-a bastante, no tempo de Luís XIV, e foi ele quem a instalou como se encontra. Ninguém lhe tocou muito desde aquela época.

– Tem o catálogo? – perguntou o senhor Lerond.

O senhor de Brécé respondeu que não. O senhor de Terremondre, amante de livros antigos, tinha-o estimulado vivamente a produzi-lo. Mas não encontrara nunca horas de folga para se ocupar disso.

Abriu um dos armários e o senhor Lerond retirou para examinar, sucessivamente, vários volumes – *in-octavo*, *in-quarto*, *in-folio* – encadernados em couro de bezerro cor de mármore, de bezerro granulado, de bezerro imitando raiz, em pergaminho, em marroquim vermelho e azul, todos com o escudo de três fachos, encimados pela coroa ducal, na capa.

O senhor Lerond não era fino bibliófilo; entretanto, maravilhou-se, pondo a mão num manuscrito admiravelmente caligrafado do *Dízimo real*, oferecido por Vauban ao marechal.

Esse manuscrito estava ornado com um frontispício, assim como diversas vinhetas e florões.

– São desenhos originais? – inquiriu o senhor Lerond.

– Provavelmente – disse o senhor de Brécé.

– Estão assinados – afirmou o senhor Lerond. – Penso poder ler o nome de Sebastião Leclerc.

– É bem possível – respondeu o senhor de Brécé.

O senhor Lerond notou, nesses ricos armários, os livros de Tillemont sobre história romana e sobre história eclesiástica, o *Coutumier* da província, os *Tratados* inumeráveis dos velhos legistas; enumerou as obras de teologia, de controvérsia e hagiografia, as amplas histórias genealógicas, as velhas edições dos clássicos gregos e dos latinos e esses livros maiores do que atlas, compostos para o casamento do rei, para a entrada do rei em Paris, para as festas da convalescença do rei e para as vitórias do rei.

– É o patrimônio mais antigo da biblioteca – disse o senhor de Brécé –, a parte adquirida pelo marechal. Aqui estão – acrescentou, abrindo dois ou três outros armários – as aquisições do duque João.

– O ministro de Luís XIII, o "bom duque", como o chamavam? – inquiriu o senhor Lerond.

– Justamente – respondeu o senhor de Brécé.

O patrimônio do duque João cobria todo o lado da chaminé e todo o lado da vista rústica e aldeã. O senhor Lerond leu, em voz alta, os títulos impressos em ouro, entre duas nervuras, na lombada ornamentada dos volumes: *Enciclopédia metódica, Obras* de Montesquieu, *Obras* de Voltaire, *Obras* de Rousseau, do padre Mably, de Condillac, *História dos estabelecimentos dos europeus nas Índias*, de Raynal. Depois, folheou os pequenos poetas e os contistas, impressos com vinhetas, Grécourt, Dorat, Saint-Lambert, o Boccacio ilustrado por Marillier, o La Fontaine dos Fermiers gerais.

– As gravuras são um pouco livres – disse o senhor de Brécé. – Tive que dar fim a outras obras da mesma época cujas gravura eram verdadeiramente licenciosas.

Entretanto, o senhor Lerond descobria, ao lado desses belos livros, uma coletânea numerosa de obras de política e filosofia, tratados sobre a escravatura, relatos da *Guerra dos insurretos americanos*. Abriu as *Promessas de um solitário* e viu que as margens estavam cobertas de notas de próprio punho do duque João. Leu alto uma dessas notas:

"O autor diz certo: os homens são naturalmente bons. São os falsos princípios da sociedade que os tornam maus."

– Aqui está – acrescentou – o que vosso tataravô escrevia em 1790!

– É curioso! – disse o senhor de Brécé, colocando o livro na prateleira.

Depois, abrindo o armário do norte:

– Deste lado estão os livros de meu avô, que foi pajem de Carlos X.

O senhor Lerond reconheceu aí, recobertos de carneira sombria, de bezerro ruivo, de meio-chagrin preto, as *Obras de Chateaubriand*, as coleções de *Memórias sobre a revolução*, as *Histórias* de Anquetil, de Guizot, de Agostinho

Thierry, o *Curso de literatura* de La Harpe, a *Gália poética* de Marchangy, os *Discursos* de M. Lainé.

Em seguimento dessa literatura da Restauração e do governo de julho rolavam numa mesinha duas ou três brochuras estraçalhadas, relativas a Pio IX e ao poder temporal, dois ou três volumes esfarrapados de romances, um panegírico de Joana d'Arc, pronunciado na igreja de Saint-Exupère, a 8 de junho de 1890, pelo senhor Charlot, e algumas obras de devoção para senhoras da sociedade. Era a contribuição do falecido duque, membro da Assembleia Nacional em 1871, e do atual duque de Brécé à biblioteca, criada pelo marechal em 1605.

– Permita-me que feche à chave os armários – disse o senhor de Brécé. – É preciso cuidado; meus filhos, agora, já são rapazes. Poderia ocorrer-lhes a fantasia de remexer na biblioteca. É que há aqui dentro livros que não devem cair nas mãos de um rapaz, nem sob os olhos de uma mulher que se respeita... seja qual for sua idade.

E o senhor de Brécé fechou os armários com o zelo das boas ações, a segurança feliz de aprisionar a luxúria, a dúvida, a impiedade, os maus pensamentos. Saboreava a orgulhosa satisfação de guardar à chave o mal universal. E esse sentimento, embora mesclado de alguma vaidade de homem simples e alguma secreta inveja de ignorante, era ainda suficientemente puro e belo. Quando ia enfurnar o molho de chaves no bolso, o senhor de Brécé voltou para o senhor Lerond uma fisionomia satisfeita.

– Em cima – disse – encontra-se o quarto do rei. Os antigos inventários abarcavam, com essa denominação, todo o andar superior. O quarto propriamente dito guarda a cama em que Luís XIII dormiu. Está ainda coberta com seus antigos bordados de seda. Esse quarto merece ser visto.

O senhor Lerond não se aguentava mais de pé. Suas pernas, dobradas ao longo dos anos sob a secretária, tinham suportado mal a caminhada no chão empapado do parque, o patinar nas estrebarias, a peregrinação bucólica a Nossa Senhora das Belas Folhas: estavam moles e desfalecidas, terminando nos pés quentes e dolorosos, pois o advogado das congregações, desgraçadamente, certo de que faria bem, tinha calçado botinas de verniz.

Ele ergueu para o teto um olhar de angústia e balbuciou:

– É tarde. Não seria melhor irmos ao encontro das senhoras no salão?

O senhor de Brécé só era terrível nas visitas às estrebarias. Para o resto dos passeios, esse proprietário ouvia a voz da razão.

– Já não há grandes sinais do dia, sem dúvida – disse. – Ficará para outra vez... À direita, senhor Lerond, à direita, faça o favor...

No vão da porta, o antigo substituto exclamou:

– Que paredes, senhor duque, que paredes! São de uma espessura!

Seu rosto magro, tendo-se mantido tranquilo e frio diante dos troféus de caça do vestíbulo, diante das pinturas históricas do salão, diante das tapeçarias suntuosas, do teto magnífico, diante dos belos livros, das encadernações de marroquim com fechos, animava-se, iluminava-se, explodia de admiração. O senhor Lerond descobrira, afinal, um motivo de surpresa e emoção, de meditação e prazer moral, uma parede. Sua alma de juiz, partida no brilho ao mesmo tempo que na fortuna, por ocasião da execução dos Decretos, seu coração privado muito cedo da alegria de punir, rejubilava-se à vista de uma parede, da coisa surda, muda e sombria que lhe recordava ao pensamento encantado as ideias de prisão, de calabouço, de penas cumpridas, de justiça social, de código, de lei, de justiça, de moral – uma parede!

– Com efeito – disse o senhor de Brécé –, a parede, neste ponto, entre a galeria e o pavilhão, é de uma espessura extraordinária. Era a muralha exterior do castelo primitivo, construído em 1405.

E o senhor de Lerond contemplava a parede, media-a com os olhos, apalpava-a com suas pequenas mãos amarelas e aduncas, estudava-a, venerava-a, amava-a, possuía-a.

Entrando no salão:

– Minhas senhoras – disse ele às damas de Brécé –, o duque quis dar-me a honra de conhecer sua curiosa biblioteca. Notei, de passagem, essa parede extraordinária que separa o pavilhão da galeria. Não creio que exista coisa alguma tão prodigiosa, mesmo em Chambord.

Mas nem as senhoras de Brécé nem a senhora de Courtrai o ouviram. Estavam tomadas e agitadas por uma ideia única.

– João – gritou a senhora de Brécé ao marido –, João, veja isto!

Ela mostrava-lhe uma caixa de couro vermelho, colocada no aparador perto da lâmpada, que lhe tinham trazido. A caixa era redonda, coberta com um apêndice em forma de dedal, prolongando-se na parte dianteira, em forma de trevo. Um cartão de visita estava alfinetado ao lado. Ao pé da mesa amontoava-se a laia de cachorrinhos brancos, com fitinhas azuis, papéis de seda frisados.

– João,veja isto!

O padre Guitrel, que se mantinha de pé contra o aparador, abriu com a mão respeitosa a caixa, descobrindo o cibório de ouro.

 – Quem mandou isto? – perguntou o senhor de Brécé.

– Veja o cartão... Estou horrivelmente constrangida. Não sei o que fazer.

O senhor de Brécé pegou o cartão, colocou o pincenê e leu:

BARONESA JÚLIO DE BONMONT
Para Nossa Senhora das Belas Folhas

Colocou o cartão na mesa, meteu a luneta no bolso, murmurando:

– É constrangedor!

– Um cibório, um belo cibório – disse o padre Guitrel.

– Quando eu era menino de coro – comentou o general –, ouvia os padres chamarem-no de custódia.

– Um cibório ou uma custódia, com efeito – disse o reverendo Guitrel. – São esses os nomes que se dão aos recipientes que guardam a reserva eucarística. Mas a custódia tem a forma de um cilindro com tampa cônica.

O senhor de Brécé permaneceu pensativo, a fronte vincada por uma ruga sombria.

– Por que essa senhora de Bonmont, que é judia, oferece um cibório à capela de Nossa Senhora das Belas Folhas? Que ódio têm os israelitas, para se meterem nas nossas igrejas?

O reverendo Guitrel, com os dedos engastados nas mangas, passou a língua nos lábios e disse docemente:

– Permita-me, senhor duque, observar que a senhora baronesa Júlio de Bonmont é católica.

– Vamos lá! – exclamou o senhor de Brécé. – É uma judia austríaca, uma senhorita Wallstein. O marido, o barão de Bonmont, chamava-se, realmente, Gutenberg.

– Permita-me, senhor duque – disse o padre Guitrel. – Não contesto que a baronesa de Bonmont seja de origem israelita. Permito-me advertir que, convertida e batizada, ela é cristã; acrescentarei que é boa cristã. Ela multiplica suas dádivas às obras católicas e oferece o exemplo...

O senhor de Brécé interrompeu:

– Senhor reverendo, conheço suas ideias. Respeito-as como respeito sua batina. Mas, para mim, um judeu convertido é um judeu de qualquer modo. Não vejo diferença.

– Eu tampouco – disse a senhora João de Brécé.

– Vossas impressões, senhora duquesa, são legítimas de qualquer modo – replicou o padre Guitrel. – Mas não podeis ignorar o que ensina a Igreja, a saber que a maldição divina, formulada sobre os judeus, persegue-lhes os crimes e não a raça, e que os efeitos dessa reprovação não atingirão os...

– É pesado – disse o senhor de Brécé, que, tendo retirado o cibório do seu estojo, mantinha-o erguido nas mãos.

– Estou realmente contrariada – disse a senhora João de Brécé.

– Ele é pesado – repetiu o senhor de Brécé.

– Mais do que isso – acrescentou o padre Guitrel –, ele é admiravelmente trabalhado. Apresenta esse caráter de distinção que é, por assim dizer, característico de Rondonneau jovem. Só o ourives do arcebispo podia escolher tão judiciosamente seu modelo nas tradições da arte cristã e reproduzir a forma e os ornatos com tanta felicidade e fidelidade. Este cibório é uma obra perfeita e correta, no estilo do século XIII.

– O jarro e a tampa são de ouro maciço – advertiu o senhor de Brécé.

– Segundo as regras da liturgia – disse o padre Guitrel –, a taça do cibório deve ser de ouro ou, pelo menos, de prata dourada por dentro.

O senhor de Brécé, que sustentava o vaso virado, disse:

– O pé é oco.

– Felizmente! – exclamou a senhora João.

O reverendo Guitrel desceu o olhar à obra de Rondonneau jovem.

– Não duvidem, de modo algum – afirmou –; aí está o estilo do século XIII. Não se poderia escolher melhor. O século XIII é a idade de ouro da ourivesaria religiosa. Nessa época, o cibório toma a forma feliz de uma granada, que poderão reconhecer nesta bela peça. O pé sólido e grosso enriquece-se com esmalte e pedras preciosas.

– Misericórdia! Pedras preciosas! – exclamou a senhora João.

– Anjos e profetas são esculpidos finamente em quadros e losangos do mais feliz efeito.

– Era um velhaco, esse Bonmont – acusou subitamente a senhora de Courtrai. – Era um ladrão. Sua viúva nada restituiu.

– Está-se vendo que ela começa – afirmou o senhor de Brécé, apontando o brilhante cibório.

– Que fazer? – inquiriu a senhora João.

– Não podemos devolver o presente – respondeu o senhor de Brécé.

– Por quê? – perguntou a senhora de Brécé mãe.

– Ora, mamãe, porque é impossível.

– Então é preciso guardá-lo? – disse a senhora João.

– Hã... sim.

– Agradecer-lhe?

– Ora essa!...

– Que acha, general?

– Seria preferível – disse o general – que essa dama, que não tem relações aqui, se abstivesse de oferecer um presente.

Mas não há motivo para corresponder-lhe a polidez com uma grosseria. É evidente.

O padre Guitrel tomou o cibório entre as mãos veneráveis, levantando-o, e disse:

– Nossa Senhora das Belas Folhas olhará com olhos benévolos, estou seguro, esta dádiva, destinada por uma alma piedosa ao tabernáculo de seu altar.

– Essa é boa! – disse o senhor de Brécé. – Nossa Senhora das Belas Folhas, nessa história, sou eu. Se a senhora de Bonmont e o pequeno Bonmont pretendem ser convidados a vir à minha casa, e eles hão de querer, sou agora obrigado a recebê-los.

3

Fugindo à chuva súbita que os surpreendera diante dos fossos do castelo, a senhora Júlio de Bonmont e a senhora Horta correram, pelo caminho circular, até o pórtico, onde a abóbada tinha na pedra o pavão da extinta família de Paves. O senhor Terremondre e o barão de Wallstein não tardaram a alcançá-las. Os quatro tomaram fôlego.

– E o reverendo? – perguntou a senhora de Bonmont. – Artur, você deixou o reverendo no caminho?

O barão Wallstein respondeu à irmã que o reverendo aí vinha.

E logo avistou-se o padre Guitrel, úmido e pacífico, subir os degraus de pedra. Só ele, nesse alarme, guardara perfeita dignidade, mantendo a calma necessária ao seu estado e à sua corpulência, mostrando, por antecipação, gravidade verdadeiramente episcopal.

A senhora de Bonmont, com a cútis avivada pela caminhada, o farto peito palpitante sob o corpete claro, puxava a saia para a frente, cerrando os quadris afunilados, e, os cabelos em desordem, os olhos claros, os lábios úmidos na sua naturalidade de Erigona vienense, dava a ideia deliciosa de um cacho de uvas opulento e dourado.

Perguntou com a voz meio grossa e menos suave de que sua boca:

– Molhou-se, senhor reverendo?

O padre Guitrel tirou o largo chapéu, cujo pelo veludoso estava pintado de negro pela chuva, passeou o olhar de seus pequenos olhos cor de cinza pelo grupo ainda um pouco ofegante, que as gotas d'água fizeram fugir, e disse, não sem malícia afável:

– Estou molhado, mas não estou esfalfado.

E acrescentou:

– Uma carga inofensiva. Minha batina não foi atravessada.

– Subamos – disse a senhora de Bonmont.

Ela estava em casa, no castelo de Moantil, que Bernardo de Paves, grão-mestre de artilharia, mandara construir em 1508 para Nicollette de Vaucelles, sua quarta mulher.

"A casa de Paves floriu cem anos", diz Perrin du Verdier, no primeiro livro de seu *Tesouro das genealogias.* "Na referida casa escolheram aliança todas as famílias soberanas da Europa, notadamente os reis da Espanha, da Inglaterra, da Sicília e de Hierusalem, os duques da Bretanha, de Alençon, de Vendôme e outros, e igualmente os Ursin, os Colonne e os Cornar." E Perrin du Verdier estende-se com prazer acerca das ilustrações dessa "tão ínclita casa", que deu à Igreja 18 cardeais e dois papas, e à coroa da França três condestáveis, seis marechais e uma amante do rei.

Na terra de Montil residiram, desde o reino de Luís XII até a Revolução, os chefes do ramo mais velho dos Paves, extinto em 1795, na pessoa de Felipe VIII, príncipe de Paves, senhor de Montil, Toché, Les Ponts, Rougeain, la Victore, Berlogue e outros domínios, primeiro gentil-homem do rei, morto em Londres, para onde emigrara e onde se estabelecera barbeiro, numa portinha de White Cross Street. Suas terras, que ele tinha deixado incultas em vida, foram, ao tempo do Diretório, vendidas como bens nacionais e doadas, em vários lotes, a camponeses que constituíram famílias burguesas. O bando negro, que comprara o castelo por 10 réis de mel coado, pôs-se a demoli-lo em 1813. Mas, interrompidos depois da destruição da galeria dos Faunos, os trabalhos nunca mais foram recomeçados. Durante dois anos os moradores do lugar furtaram, para uso próprio, o chumbo dos telhados. Em 1815, o senhor de Reu, antigo oficial de Marinha do rei, agente secreto do conde de Provence na Holanda, cúmplice, ao que se dizia, de Jorge no atentado da rue de Saint-Nicacio, desejoso de terminar a vida no lugar de seu nascimento, comprou, por algumas centenas de escudos arrancados ao príncipe ingrato, essas muralhas em ruína, onde encafuou sua feroz indigência, e que pareciam querer desabar sobre ele ou sobre seus 11 filhos, tanto bastardos como legítimos. Depois de sua morte, a filha, solteirona, secava ameixas nas salas cheias de glória e beleza. Em 1875, certa manhã de inverno, a senhorita de Reu, velha de 99 anos e três meses, foi encontrada morta e estendida num colchão rasgado e podre, no quarto semeado de cifras, de símbolos e de emblemas em honra de Nicolette de Vaucelles.

Nessa época, o barão Júlio de Bonmont, filho de Nathan, filho de Seligmann, filho de Simão, vindo da Áustria, onde negociara os empréstimos do infeliz Império, instalava na França o centro de suas operações. Trazia a contribuição de seu gênio financeiro à República. Entre os membros do Parlamento, destinados a estimá-lo e entendê-lo, o senhor Laprat-Teulet, que representava, a esse tempo, a circunscrição de Montil na Câmara, foi um dos primeiros e dos mais firmes. Descobriu desde logo que, depois da era dos princípios e das horas de luta, chegara o tempo dos grandes negócios. Dedicou as calorosas simpatias e o útil devotamento ao barão que, de sua parte, dizia de bom grado: "Esse Laprat-Teulet é um rapaz inteligente."

A conselho de Laprat-Teulet, o barão Júlio comprou o castelo de Montil. Era uma ruína augusta e encantadora que se poderia amparar e conservar. O barão confiou a restauração ao senhor Quatrebarbe, discípulo de Viollet-le-Duc, arquiteto diocesano, que retirou as velhas pedras, substituindo-as por novas. Nesse fresco edifício, o barão, que estarrecia os políticos pelo seu gesto artístico, instalou rapidamente suas coleções de quadros, de móveis, de armas, monstros de opulência. "Desse modo, o castelo de Montil", segundo a expressão do senhor de Terremondre, "foi conservado aos admiradores da nossa arte nacional e transformado num maravilhoso museu pelos cuidados e a magnificência de um grande senhor, apoiado por um grande amador."

Montil e suas torres ornadas de medalhões, sua escada rendada, suas salas de madeiramento delicadamente esculpido, não deram longo prazer ao barão, que não pôde pavonear o orgulho por longo tempo. Depois de atravessar a idade de ouro dos negócios, caiu fulminado por um ataque apoplético, na véspera da ruína e dos escândalos. Morreu em pleno fastígio, deixando viúva esplêndida e risonha e um filho menor, que com ele se parecia pelo corpo rechonchudo, a fisionomia bovina e a alma já implacável. A senhora de Bonmont conservara Montil, onde se achava bem.

Ela guiou a senhora Horta pela escada da frente, cuja pedra rendilhada copiava, no meio de lagos e entre lagos, com uma profusão louca, o pavão de Bernardo de Paves, ligado pelas patas ao alaúde de Nicolette de Vaucelles. Ela própria, segurando a saia com um gesto meio brutal, não destituído de encanto, investiu pela subida em espiral. O senhor de Terremondre, presidente da sociedade de arqueologia e outrora homem de sorte, subia atrás dela, seguindo-lhe com olhar cobiçoso os movimentos das formas apetecíveis.

Aos 40 anos, ela mantivera o desejo e as maneiras de agradar. O senhor de Terremondre gostava disso, pois era homem de bem. Mas não tentava nada, sabendo que ela amava profundamente o senhor Raul Marcien, um homem soberbo, violento e malvisto.

A senhora de Bonmont disse, empurrando uma porta:

– Entremos na sala de armas, ela é bem aquecida.

Era verdade que a sala de armas era bem aquecida e que, entre as vidraças de faiança, desenhadas com figuras grotescas pelo senhor Quatrebarbe, conforme a antiga pavimentação que arrancara, os condutores de calor entreabriam as bocas de metal claro.

A senhora de Bonmont teve o cuidado de colocar ao pé dessas bocas o padre Guitrel e de lhe perguntar afetuosamente se ele tinha, ao menos, sapatos impermeáveis e se não era capaz de beber um copo de *punch.*

Essa imensa sala brilhava, sob o teto de nervuras, com mais ferro do que a *Armeria* de Madrid. O financista formara aí, com duas ou três operações, uma coleção de armas tal que nem o próprio Spitzer jamais conseguira. Os três séculos de armas brancas aí figuravam, sob as formas de uso em todos os países da Europa. Na chaminé monumental, guardada por dois Brabançons de espingarda de caça gloriosa, erguia-se de perfil uma armadura de caudilho, escarranchada numa armadura de cavalo, com a testeira aparecendo, a focinheira, a couraça de crina e a couraça de peito, a rede e a guarda-traseiras. De alto a baixo das paredes ostentavam-se vistosas panóplias, cascos, elmos, morriões, adargas, escudos, chapéus de ferro, saiotes de malha, cotas d'arma, brigandinas, grevas, broquéis, esporas. Em torno de rodelas de couro, tarjas e tarascas brilhavam farrumpias, velhas espadas, partasanas, alabardas, farruscas, durindanas, estoques, punhais, estiletes e adagas. Ao pé da parede alinhavam-se em torno da sala fantasmas revestidos de ferro enegrecido, de ferro polido, de ferro gravado, enferrujado, cinzelado, damasquinado; as couraças, retorcidas e bombeadas, as armaduras de pregas e em forma de tonel, o polichinelo de Henrique III e o caranguejo de Luís XIII, vestimentas de guerra que cobriram príncipes franceses, ingleses, espanhóis, italianos, alemães, cavalheiros, capitães, sargentos, albardeiros, cavaleiros, velhos soldados germânicos, caminheiros de todos os caminhos, escorchadores e suíços; ornatos de aço que foram ao *Champ du Drap d'Or**, às justas e aos torneios da França, da Inglaterra e dos alemães, armaduras de Poitiers, de Verneuil, de Granson, de Farnoue, de Cérisolles, de Pavia, de Ravena, de Pultava, de Culloden, generosas e merce-

*Acampamento militar na Flandres francesa onde o rei francês Francisco I e o inglês Henrique VIII tiveram célebre encontro em 1520, em meio à rivalidade e à guerra. (*N. do E.*)

nárias, corteses e traidoras, vitoriosas e vencidas, amigas e inimigas, todas aí reunidas pelo barão.

DEPOIS DO JANTAR, a senhora de Bonmont, servindo o café, não ofereceu açúcar ao reverendo Guitrel, que costumava aceitá-lo, mas o ofereceu ao barão de Wallstein, que era diabético e seguia um regime severo. Agiu desse modo não por malícia, mas porque sua alma era distraída por pensamentos que lhe ocupavam inteiramente o coração. Seu desgosto, que ela não sabia esconder mais, vinha-lhe de um telegrama enviado de Paris, cujo texto tinha sentido dúbio, um literal e desprezível, claro a toda gente, mencionando atraso na remessa de garfos, e outro, espiritual e verdadeiro, inteligível só para ela, e para ela doloroso, comunicando-lhe que o amigo não viria a Montil e que se debatia, em Paris, com terríveis embaraços.

Era o caso ordinário de Raul Marcien, que tinha necessidade enorme de dinheiro. Desde os 15 anos, mais ou menos, desde sua maioridade, ele mantinha-se no mundo à força de gênio e audácia. Mas esse ano as dificuldades de sua posição, incessantemente constrangedoras, tornaram-se espantosas. A senhora de Bonmont sentia infinita pena, inquietando-se, porque amava Raul. Amava-o ternamente, com toda a alma e toda a carne.

– E o senhor de Terremondre aceita um pouco mais?

Ela o queria, seu Raul, seu Rara, com toda a meiguice de sua alma serena. Preferia-o terno e fiel, ingênuo e sonhador. Ele não era como desejava, e por isso ela sofria. Temendo perdê-lo, acendia velas na capela de Santo Antônio.

O senhor de Terremondre, que era bom conhecedor, contemplava os quadros. Eram pinturas da escola moderna: Daubigny, Teodoros Rousseau, Júlios Duprés, Chintreiuls, Diaz, Corots, lagos melancólicos, marginados de florestas profundas, praias úmidas, ruas de aldeias, clareiras, que o sol posto inunda de ouro, salgueiros ensopados pelos vapores brancos da manhã, telas prateadas, ou ruivas, ou verdes, ou azuis, ou cinza, nas molduras douradas e pesadas, sobre uma armação de damasco vermelho, não acompanhavam lá muito harmoniosamente, talvez, a monumental chaminé no estilo Renascença onde os amores das ninfas e as metamorfoses dos deuses eram esculpidos em ardósia. Essas telas realmente deprimiam um pouco demais o teto maravilhoso e antigo cujas abóbadas pintadas repetiam, com infinita variedade, o pavão de Bernardo de Paves, ligado pelas patas ao alaúde de Nicolette de Vaucelles.

– Um belo Millet! – disse o senhor de Terremondre diante de uma pastora de gansos que se destacava, terrível de solenidade rústica, sob um céu de ouro pálido.

– É um lindo quadro – respondeu o barão Wallstein. – Tenho um igual em Viena. O meu, porém, representa um pastor. Não sei bem quanto meu cunhado pagou por este.

Ele passeava, com a xícara na mão, na galeria:

– Este Júlio Dupré custou 50 mil francos a meu cunhado, este Teodoro Rousseau, 60 mil, este Corot, 150 mil.

– Conheço as preferências do barão em pintura – explicou o senhor de Terremondre, que acompanhava Wallstein ao longo das paredes. – Certo dia, quando eu descia a escada do Hotel des Ventes com um pequeno quadro sob o braço, o barão puxou-me pela manga, segundo seu costume, dizendo-me: "Que leva aí?" Respondi-lhe, com orgulho de amador feliz: "Um Ruisdael, senhor de Bonmont, um autêntico Ruisdael. Foi gravado e tenho precisamente a gravura nas minhas pastas." "E quanto pagou pelo seu Ruisdael?" "Foi numa sala do andar térreo. O perito não sabia o que estava vendendo... Trinta francos!" "Não me diga!" Notando minha surpresa, ele puxou-me pela manga e disse: "Meu caro senhor de Terremondre, deveria ter pago 10 mil. Se tivesse pago 10 mil, valeria 30, nas suas mãos. Enquanto esse pequeno quadro, que lhe custou 30 francos, que preço poderá atingir, quando quiser vendê-lo? Vinte e cinco luíses, no máximo. É preciso ser razoável. Uma mercadoria não pode subir, de um salto, de 30 francos a 30 mil francos." Ah! – concluiu o senhor de Terremondre. – Ele era forte, o barão!

– Ele era forte – respondeu Wallstein. – E, além disso, gostava de brincar.

E os dois, com suas taças na mão, erguendo a cabeça, viram esse barão que fora forte em vida. Estava lá, erguendo, no meio das paisagens caríssimas, num quadro pomposo, sua cabeça de javali astuto, pintada por Delaunay.

Entretanto, a senhora de Bonmont e o padre Guitrel, sentados um diante do outro, ao pé do fogo da vasta chaminé, trocavam conjeturas sobre o tempo e meditavam. A senhora de Bonmont avaliava que a vida teria sido agradável se Rara a quisesse. Amava-o com tanta inocência e simplicidade! Todos os moralistas, antigos e modernos, todos os padres da Igreja, os doutores e os teólogos, o reverendo Guitrel e o senhor Charlot, o papa e os concílios, o arcanjo, com sua trombeta ruidosa, e Cristo, vindo na sua glória para julgar os vivos e os mortos, não teriam conseguido, todos juntos, fazer-lhe crer que era mau amar Rara. Pensava que não o veria em Montil e que, talvez, no justo momento, ele a enganava. Sabia que ele frequentava mulheres quase tanto quanto os porteiros e tinha-o surpreendido na caça de velhas *cocottes*, sobre as quais lançava olhares envenenados, oferecendo-lhes a *lorgnette* ou colocando-lhes a capa nos ombros. Porque o pobre amigo não se podia libertar de uma multidão de pessoas constrangedoras, que o ocupavam por motivos que ninguém compreendia, sempre que tentava explicá-los. Ela estava infeliz. Suspirava.

O padre Guitrel sonhava com o bispado de Tourcoing. Seu rival, o padre Lantaigne, estava destruído. Dissolvia-se na ruína do seminário, sob o papel timbrado do açougueiro Lafolie. Mas eram numerosos os concorrentes à sucessão do senhor Duclou. Um primeiro vigário de uma das paróquias de Paris e um cura de Lyon pareciam agradáveis ao Ministério. A nunciatura guardava o silêncio de costume. O padre Guitrel suspirou.

Percebendo o suspiro, a senhora de Bonmont, que era boníssima, aproximou os pensamentos egoístas de ambos. Esforçou-se por se interessar das inquietações do padre Guitrel e perguntou-lhe, muito afetuosamente, se ele não seria brevemente bispo.

– É para Tourcoing que o senhor se apresenta – disse. – Não lhe desagradaria essa cidadezinha?

O reverendo Guitrel afirmou que o governo dos fiéis ocuparia bastante seu pastor; que a diocese de Tourcoing, de resto, era das mais antigas e das mais vastas da Gália setentrional.

– É – acrescentou – a sede do bem-aventurado Loup, apóstolo de Flandres.

– Verdade? – disse a senhora de Bonmont.

– É preciso cuidado – recomeçou o padre Guitrel – para não confundir São Loup, apóstolo de Flandres, com o Santo Loup, bispo de Troyes. Este casara-se com a irmã do bispo de Arles, chamada Pimentola, quando se separou dela para se dedicar, na solidão de Lérins, aos trabalhos de uma devoção ascética.

A senhora de Bonmont pensava: "Ele ainda levou uma surra no bacará. De um lado, é bom para ele, porque, há tempos, ganhava demais no clube, e ninguém queria mais desafiar sua sorte. Mas, de outro lado, é muito desagradável. É preciso pagar."

E a senhora de Bonmont estava vivamente contrariada com a ideia de pagar as dívidas de Rara. Antes de tudo, ela nunca estava satisfeita em pagar; ademais, não gostava absolutamente de adiantar dinheiro a Rara, tanto por princípio como pela inquietude em que se achava, logo depois, de não ter amor-próprio. Dizia a si mesma que era indispensável pagar quando visse seu Rara, sombrio e terrível, aplicar uma toalha úmida no crânio em fogo, que começava a luzir entre os cabelos quase raros, e quando ouvisse o pobre amigo exclamar, entre blasfêmias e imprecações horríveis, que não lhe restava nada a fazer além de estourar os miolos. E que ele era homem de honra, Rara. Vivia da honra; testemunha, árbitro, era sua profissão desde que deixara o Exército. Num certo mundo elegantíssimo não havia duelo sem sua presença. E ela repetia intimamente que era preciso pagar ainda. Se ao menos o tivesse para si, terno, assíduo... Mas agitado, furioso, bravio, parecia sempre travar uma batalha.

– O santo de que se trata, senhora baronesa, o bem-aventurado Loup ou Lupus, evangelizou em Flandres. Os trabalhos de seu apostolado eram sempre penosos. Encontra-se em sua biografia um traço que a comoverá pela graça ingênua. Um dia, quando atravessava os campos cobertos de neve, o bem-aventurado deteve-se, para se aquecer na casa de um senador. Este, que recebia então os companheiros de lazer, teve com eles, diante do apóstolo, conversas sem compostura. Loup tentou reprimir os discursos. "Meus filhos", disse ao senador e aos hóspedes, "não sabeis que, no dia do Juízo Final, tendes de responder por todas as palavras vãs?" Mas eles, desdenhando as exortações do santo varão, redobraram, nas conversas, a indecência e a impiedade. Foi então que, sacudindo o pó das sandálias, o bem-aventurado

 lhes disse: "Quis, por causa do frio, aquecer um pouco ao

vosso fogo meu corpo exausto. Mas vossos discursos malignos obrigam-me a partir ainda gelado."

A senhora de Bonmont conjeturava, com tristeza, que Rara, desde algum tempo, não cessava de ranger dentes, rolar olhos de fúria, ameaçando os judeus de morte. Fora sempre antissemita, Rara. Ela também, a seu modo. Preferia, entretanto, que não lhe apresentassem o problema. Calculava que Rara, pois que amava uma senhora católica porém de origem semita, não tinha razão de dizer que queria estripar o ventre de todos os *yedes*. Isso ainda a entristecia. Gostaria de mais candura e simpatia, de propósitos mais calmos e gentis. Para ela, os pensamentos de amor misturavam-se aos sonhos inocentes de guloseimas e poesia.

– O apostolado do bem-aventurado Loup – disse o padre Guitrel – teve frutos. Os habitantes de Tourcoing, por ele batizados, nomearam-no, por aclamação, bispo. Seu fim acompanhou-se de circunstâncias que lhe chocarão profundamente o espírito, senhora baronesa. Certa manhã, do mês de dezembro do ano 397, Santo Loup, repleto de obras e de dias, dirigiu-se para junto de uma árvore, rodeada de sarças, ao pé da qual tinha por hábito rezar; ali fixando dois paus na terra, marcou um espaço do comprimento de seu corpo e disse aos discípulos: "Logo que, pela vontade de Deus, eu abandonar o exílio deste mundo, é aqui que deverão me sepultar."

Santo Loup morreu no domingo seguinte ao dia em que marcara ele próprio o leito de seu repouso. Foi-lhe feita a vontade. Blandus acabou por enterrar o corpo do bem-aventurado, a quem foi chamado a suceder na sede episcopal de Tourcoing.

Ela estava melancólica e cheia de indulgência. Adivinhava os motivos dos furores antissemitas de Rara, e desculpava-os. Nos últimos tempos, Rara, para reconquistar bom nome, para se manter com dignidade de homem honrado, tinha abraçado, no clube, a causa do Exército, ao qual pertencera como oficial de cavalaria. Apertara fortemente os laços que o ligavam à grande família. Tinha mesmo esbofeteado um judeu que pedia, num café, o Anuário Militar.

A senhora de Bonmont amava-o e admirava-o, mas não era feliz.

Ergueu a cabeça, abriu muito os lindos olhos, como flores, e disse:

– A cadeira do bem-aventurado Loup, apóstolo de... Continue, senhor reverendo. Isso me interessa bastante.

A SENHORA DE BONMONT fora destinada a procurar as doçuras de um amor pacífico em almas pouco propícias a assegurá-las. Essa Elisabete sentimental sempre deu o coração a aventureiros terríveis. Em vida do barão, amara ternamente o filho de um senador obscuro, o jovem X..., famoso por ter, sozinho, desviado num ministério os fundos secretos de um ano inteiro. Concedera a confiança depois a um homem sedutor, que brilhava na primeira fila da imprensa governista e que desapareceu, subitamente, numa catástrofe financeira imensa. Estes ela os obtivera, por assim dizer, do próprio barão. Uma mulher não é reprovável por amar no mundo que frequenta. Mas o novo, o último, o queridíssimo, o único, Raul Marcien, ela não o encontrara na roda do barão. Ele não pertencia ao mundo dos negócios. Encontrara-o na melhor sociedade francesa, na província, num meio quase monarquista e quase religioso. Ele mesmo era quase gentil-homem. Ela acreditara contentar, dessa vez, o desejo de ternura e delicada intimidade possuindo, enfim, o amigo cavalheiresco, de sentimentos nobres e meigos, que sonhara.

E eis que ele era como os demais, frio, incendiado de espantos e furores, estraçalhado de angústias, agitado por incríveis maravilhas de uma vida de velhacarias e malandragens. No entanto, como era mais pitoresco e divertido do que qualquer outro! Testemunha de um grave e delicado negócio, quando era concluído no clube; na mesma manhã, nomeado cavalheiro da Legião de Honra e chamado ao gabinete do juiz de instrução, a fim de responder por abuso de confiança! O peito sempre empinado, os bigodes vistosos, defendendo a honra a ponta de espada. Mas, desde alguns meses, perdera o sangue-frio, falando alto, muito agitado, comprometendo-se pelo desejo de vingança; pois fora traído, alegava.

Elisabete via com impaciência as cóleras de Rara incendiando-se cada dia mais vivamente. Quando o visitava de manhã, via-o em mangas de camisa, mergulhado até o pescoço na sua velha mala de oficial, repleta de papéis timbrados, e, lá, dentro, a cara vermelha, injuriando, gritando, praguejando "Patifes, canalhas, bandidos, miseráveis!", fazendo compreender que ainda ouviriam falar a seu respeito. Ela colhera um beijo no meio das imprecações. E ele despedira-a com o aviso perpétuo de que faria saltar os miolos.

Não, não era desse modo que Elisabete compreendia o amor!

– O senhor dizia, pois, senhor reverendo, que o bem-aventurado Loup...

O padre Guitrel, porém, a cabeça inclinada no ombro e as mãos juntas no peito, dormia na poltrona.

E a senhora de Bonmont, amável consigo como com os demais, adormeceu na sua poltrona também, sonhando que Rara veria o fim de seus embaraços, que teria, certamente, de lhe dar apenas algum dinheiro para tanto, e que, afinal, era amada pelo mais belo dos homens.

– Querida amiga, querida amiga – gritou com sua voz de buzina de caça, com um acento de terrificar os turcos, a europeia senhora Horta –, querida amiga, será que não veremos esta noite o senhor Ernesto?

Ela falava de pé, com grandes gestos e o ar de uma virgem guerreira esquecida vinte anos num recanto de teatro de Bayreuth, terrível, cintada e revestida de azeviche e aço, de clarões, de relâmpagos, de ruídos; no fundo, excelente senhora, mãe de muitos filhos.

Despertada num sobressalto por esses metais encantados que tiniam na garganta da magnífica senhora Horta, a baronesa respondeu que seu filho, tendo conseguido férias de convalescença, deveria vir naquela mesma noite a Montil. Os cavalos tinham ido buscá-lo na estação.

O padre Guitrel, com o sono atravessado pela fanfarra noturna, ajeitou os óculos vacilantes e, passando a língua nos lábios, a fim de lhes dar a necessária unção, murmurou com meiguice celeste:

– Sim... Loup... Loup...

– Desse modo – disse a senhora Bonmont – o senhor colocará a mitra, carregará o báculo e terá no dedo um grande anel...

– Nada sei, por enquanto, minha senhora – disse o padre Guitrel...

– Sim, sim! O senhor será nomeado!

Ela inclinou-se um pouco para o reverendo e perguntou em voz baixa:

– Senhor reverendo, o anel dos bispos deve ter uma forma particular?

– Precisamente, não, minha senhora – argumentou o padre Guitrel. – O bispo usa o anel como símbolo de seu casamento com a Igreja: convém, pois, que esse anel exprima, de algum modo, pelo próprio aspecto, ideias de pureza e austeridade.

– Querida amiga, querida amiga – gritou com sua voz e buzina de caça, com um acento de terrificar os turcos, a uropeia senhora Horta –, querida amiga, será que não veemos esta noite o senhor Ernesto?

Ela falava de pé, com grandes gestos e o ar de uma virem guerreira esquecida vinte anos num recanto de teatro le Bayreuth, terrível, cintada e revestida de azeviche e aço, de larões, de relâmpagos, de ruídos; no fundo, excelente senhora, mãe de muitos filhos.

Despertada num sobressalto por esses metais encantados que tiniam na garganta da magnífica senhora Horta, a baronesa respondeu que seu filho, tendo conseguido férias de convalescença, deveria vir naquela mesma noite a Montil. Os cavalos tinham ido buscá-lo na estação.

O padre Guitrel, com o sono atravessado pela fanfarra noturna, ajeitou os óculos vacilantes e, passando a língua nos lábios, a fim de lhes dar a necessária unção, murmurou com meiguice celeste:

– Sim... Loup... Loup...

– Desse modo – disse a senhora Bonmont – o senhor colocará a mitra, carregará o báculo e terá no dedo um grande anel...

– Nada sei, por enquanto, minha senhora – disse o padre Guitrel...

– Sim, sim! O senhor será nomeado!

Ela inclinou-se um pouco para o reverendo e perguntou em voz baixa:

– Senhor reverendo, o anel dos bispos deve ter uma forma particular?

– Precisamente, não, minha senhora – argumentou o padre Guitrel. – O bispo usa o anel como símbolo de seu casamento com a Igreja: convém, pois, que esse anel exprima, de algum modo, pelo próprio aspecto, ideias de pureza e austeridade.

vosso fogo meu corpo exausto. Mas vossos discursos malignos obrigam-me a partir ainda gelado."

A senhora de Bonmont conjeturava, com tristeza, que Rara, desde algum tempo, não cessava de ranger dentes, rolar olhos de fúria, ameaçando os judeus de morte. Fora sempre antissemita, Rara. Ela também, a seu modo. Preferia, entretanto, que não lhe apresentassem o problema. Calculava que Rara, pois que amava uma senhora católica porém de origem semita, não tinha razão de dizer que queria estripar o ventre de todos os *yedes*. Isso ainda a entristecia. Gostaria de mais candura e simpatia, de propósitos mais calmos e gentis. Para ela, os pensamentos de amor misturavam-se aos sonhos inocentes de guloseimas e poesia.

– O apostolado do bem-aventurado Loup – disse o padre Guitrel – teve frutos. Os habitantes de Tourcoing, por ele batizados, nomearam-no, por aclamação, bispo. Seu fim acompanhou-se de circunstâncias que lhe chocarão profundamente o espírito, senhora baronesa. Certa manhã, do mês de dezembro do ano 397, Santo Loup, repleto de obras e de dias, dirigiu-se para junto de uma árvore, rodeada de sarças, ao pé da qual tinha por hábito rezar; ali fixando dois paus na terra, marcou um espaço do comprimento de seu corpo e disse aos discípulos: "Logo que, pela vontade de Deus, eu abandonar o exílio deste mundo, é aqui que deverão me sepultar."

Santo Loup morreu no domingo seguinte ao dia em que marcara ele próprio o leito de seu repouso. Foi-lhe feita a vontade. Blandus acabou por enterrar o corpo do bem-aventurado, a quem foi chamado a suceder na sede episcopal de Tourcoing.

Ela estava melancólica e cheia de indulgência. Adivinhava os motivos dos furores antissemitas de Rara, e desculpava-os. Nos últimos tempos, Rara, para reconquistar bom nome, para se manter com dignidade de homem honrado, tinha abraçado, no clube, a causa do Exército, ao qual pertencera como oficial de cavalaria. Apertara fortemente os laços que o ligavam à grande família. Tinha mesmo esbofeteado um judeu que pedia, num café, o Anuário Militar.

A senhora de Bonmont amava-o e admirava-o, mas não era feliz.

Ergueu a cabeça, abriu muito os lindos olhos, como flores, e disse:

– A cadeira do bem-aventurado Loup, apóstolo de... Continue, senhor reverendo. Isso me interessa bastante.

A SENHORA DE BONMONT fora destinada a procurar as doçuras de um amor pacífico em almas pouco propícias a assegurá-las. Essa Elisabete sentimental sempre deu o coração a aventureiros terríveis. Em vida do barão, amara ternamente o filho de um senador obscuro, o jovem X..., famoso por ter, sozinho, desviado num ministério os fundos secretos de um ano inteiro. Concedera a confiança depois a um homem sedutor, que brilhava na primeira fila da imprensa governista e que desapareceu, subitamente, numa catástrofe financeira imensa. Estes ela os obtivera, por assim dizer, do próprio barão. Uma mulher não é reprovável por amar no mundo que frequenta. Mas o novo, o último, o queridíssimo, o único, Raul Marcien, ela não o encontrara na roda do barão. Ele não pertencia ao mundo dos negócios. Encontrara-o na melhor sociedade francesa, na província, num meio quase monarquista e quase religioso. Ele mesmo era quase gentil-homem. Ela acreditara contentar, dessa vez, o desejo de ternura e delicada intimidade possuindo, enfim, o amigo cavalheiresco, de sentimentos nobres e meigos, que sonhara.

E eis que ele era como os demais, frio, inc
espantos e furores, estraçalhado de angústias, a
incríveis maravilhas de uma vida de velhacaria
dragens. No entanto, como era mais pitoresco
do que qualquer outro! Testemunha de um grave
negócio, quando era concluído no clube; na mesr
nomeado cavalheiro da Legião de Honra e cham
binete do juiz de instrução, a fim de responder
de confiança! O peito sempre empinado, os bigo
sos, defendendo a honra a ponta de espada. Mas,
guns meses, perdera o sangue-frio, falando al
agitado, comprometendo-se pelo desejo de vinga
fora traído, alegava.

Elisabete via com impaciência as cóleras de Ra
diando-se cada dia mais vivamente. Quando o vi
manhã, via-o em mangas de camisa, mergulhado a
coço na sua velha mala de oficial, repleta de pap
brados, e, lá, dentro, a cara vermelha, injuriando, g
praguejando "Patifes, canalhas, bandidos, miseráv
zendo compreender que ainda ouviriam falar a seu r
Ela colhera um beijo no meio das imprecações. E ele
dira-a com o aviso perpétuo de que faria saltar os m

Não, não era desse modo que Elisabete compre
amor!

– O senhor dizia, pois, senhor reverendo, que o
aventurado Loup...

O padre Guitrel, porém, a cabeça inclinada no or
as mãos juntas no peito, dormia na poltrona.

E a senhora de Bonmont, amável consigo como o
demais, adormeceu na sua poltrona também, sonh
que Rara veria o fim de seus embaraços, que teria,
mente, de lhe dar apenas algum dinheiro para tanto, e
afinal, era amada pelo mais belo dos homens.

– Ah!... – disse a senhora de Bonmont. – E a pedra?...

– Na Idade Média, senhora baronesa, a garra era às vezes de ouro, como o anel, ou então de pedra preciosa. A ametista é uma pedra conveniente, parece, para enfeitar o anel pastoral. Por isso é chamada pedra de bispo. Brilha com esplendor moderado. Era uma das 12 pedras que compunham o peitoral do grande rabino dos judeus. Ela exprime, no simbolismo cristão, a modéstia e a humildade. Narbode, bispo de Rennes, no século XIX, fez dela o emblema dos corações que se crucificam na cruz de Jesus Cristo.

– Realmente – disse a senhora de Bonmont.

E ela resolveu oferecer ao reverendo Guitrel, quando fosse feito bispo, o anel pastoral, com uma grande ametista.

Mas os metais da senhora Horta retiniram de novo.

– Querida amiga, querida amiga! Será que veremos o senhor Raul Marcien? Será que não veremos esse caro senhor?

Era de admirar a senhora europeia conhecendo todas as sociedades do globo, sem embrulhá-las na cabeça. Seu cérebro continha o anuário dos salões de todas as capitais e não lhe faltava certo senso mundano; sua benevolência era universal. Se mencionara Raul Marcien, fora com a maior inocência. Ignorava o mal. Boa esposa e boa mãe, tendo como lar um *sleepin-car*, um vagão leito em trilhos, era uma mulher do interior. Sobre seu corpete, onde o azeviche e o aço lançavam clarões com um som de granizo, ela vestia um casaco de tecido encorpado e cinzento. As criadas de quarto não levantavam dúvidas sobre sua virtude.

– Querida amiga, querida amiga! Como já sabe, o senhor Raul Marcien bateu-se com o senhor Isidoro Mayer.

No seu idioma de escritório internacional, de agência de viagens, contou o episódio que a senhora de Bonmont conhecia bem. Narrou como o senhor Isidoro Mayer, um israelita bastante conhecido e estimadíssimo no mundo das finanças, entrou, certa manhã, num café do boulevard des Capucines, sentou-se à mesa e pediu o Anuário Militar. Tendo um filho no Exército, desejava saber os nomes dos oficiais pertencentes ao regimento em que o mesmo servia. Estendia a mão para tomar o Anuário, trazido pelo caixeiro, quando Raul Marcien avançou para ele e lhe disse: "Cavalheiro, proíbo-o de tocar no livro de ouro do Exército francês." "Por quê?", perguntou o senhor Isidoro Mayer. "Porque o senhor é correligionário do traidor." O senhor Isidoro Mayer deu de ombros. E o senhor Raul Marcien deu-lhe uma bofetada. Daí ter sido reconhecido necessário um encontro e duas balas foram trocadas sem resultado.

– Querida amiga, querida amiga! Compreende alguma coisa? Eu não compreendo nada.

A senhora de Bonmont não respondeu e seu silêncio foi prolongado pelo silêncio do senhor de Terremondre e do barão Wallstein.

– Creio – disse a senhora de Bonmont, apurando o ouvido para o ruído surdo das rodas e dos cavalos –, parece que é Ernesto que chega.

Tendo um criado trazido os jornais, o senhor de Terremondre abriu uma das páginas e lançou um olhar distraído.

– Ainda o *Affaire* – murmurou. – Ainda professores que protestam. Que birra têm para se ocuparem daquilo que não lhes interessa? É justo, portanto, que os militares acertem contas entre si, como de costume. Parece-me que quando sete oficiais...

– Seguramente – disse o padre Guitrel –, quando sete oficiais se pronunciaram, é temerário, direi mesmo inconveniente, levantar dúvida sobre a decisão dos mesmos. É uma indecência, evidentemente, uma incongruência.

– Fala do *Affaire*? – perguntou a senhora de Bonmont. – Muito bem! Posso afirmar que Dreyfus é culpado. Soube por pessoa bem-informada.

Disse e enrubesceu. A pessoa era Raul.

Ernesto entrou no salão, desenxabido e desconfiado.

– Bom dia, mamãe! Bom dia, reverendo!

Aos outros apenas saudou e foi afundar-se nas almofadas, sob o retrato do pai. Parecia-se muito com ele. Era o barão diminuído, reduzido, minguado, o javali tornado miúdo, pálido e mole. Todavia, a semelhança chocava; o senhor de Terremondre fez a observação:

– É espantoso, senhor de Bonmont, como o senhor se parece com o retrato do barão.

Ernesto ergueu a cabeça e olhou, com o rabo do olho, a tela de Delaunay.

– Ah!, papai! Muito forte, papai! Eu também sou muito forte, mas malfeito. Como vai, senhor reverendo? Somos bons amigos, não é? Ambos. Daqui a pouco eu lhe pedirei uma ponta de palestra.

Depois, voltando-se para o senhor de Terremondre, que tinha um jornal na mão:

– Que é que se diz aqui? Quanto a nós, o senhor sabe muito bem que, no regimento, não temos com que manter uma opinião. É luxo de burgueses isso de ter uma ideia sobre qualquer coisa, ainda quando seja uma ideia estúpida. Além disso, os negócios que envolvem magnatas, em que podem interessar os homens, meu Deus!

Chacoteou. Divertia-se terrivelmente no regimento. Muito arguto, sem parecer, silencioso, prudente, sonso, ele desfrutava o poderoso poder desmoralizador que possuía. Corruptor, ainda que à força, tinha prazer em regatear e dar calote, deu um riso enorme e mudo no dia em que convencera um camarada pobre e pretensioso a oferecer-lhe um cachimbo. Seu contentamento consistia em desprezar e odiar os superiores, quando via uns, cheios de ambições, lhe venderem a alma, e outros, timoratos, lhe recusarem, com medo de comprometer-se, não um favor, mas o gozo de qualquer direito que não fora nunca negado a um filho de camponês.

O jovem Ernesto de Bonmont veio, dissimulado e lisonjeiro, sentar-se ao lado do padre Guitrel.

– Senhor reverendo, o senhor vê sempre os Brécé; priva de sua intimidade, não é verdade?

– Não acredite, meu filho – respondeu o padre Guitrel –, que eu prive da intimidade do senhor duque de Brécé. Isso não existe... Apenas tenho, às vezes, ocasião de vê-lo no seio da família. Vou, em certos dias de festa, rezar missa na capela de Nossa Senhora das Belas Folhas, situada, como sabe, no bosque da propriedade de Brécé. É para mim, como dizia ainda há pouco à senhora sua mãe, uma fonte de consolação e de graças. Depois da missa, almoço, seja no presbitério, em casa do senhor cura Traviès, seja no castelo, onde me dão, devo dizer, a melhor acolhida. O duque é de uma simplicidade de maneiras perfeita; as senhoras de Brécé são afáveis e meigas. Espalham o bem em toda a região; fariam ainda mais se as prevenções injustificáveis, os ódios cegos, a má vontade das populações...

– Sabe, senhor reverendo, qual o efeito provocado pelo utensílio que mamãe enviou à duquesa, para a capela de Nossa Senhora das Belas Folhas?

– A que utensílio se refere? Está falando, meu filho, do cibório de prata dourada? Posso assegurar que o senhor e a senhora de Brécé ficaram comovidos com a homenagem prestada pela senhora sua mãe, com tanta simplicidade, à Virgem milagrosa.

– Então foi uma boa ideia, senhor reverendo? Pois bem, fui eu que a sugeri. Mamãe, o senhor sabe, não tem muitas ideias...Oh! Não a censuro... Mas falemos seriamente. O senhor gosta de mim, não é, senhor reverendo?

O padre Guitrel tomou entre as suas a mão do jovem Bonmont.

– Meu filho, não ponha em dúvida minha estima; ela é paternal. Direi mesmo que é maternal, para melhor exprimir o que contém, a um tempo, de força e meiguice. Acompanho-o com enternecimento, meu caro Ernesto, desde o dia, já longínquo, em que o vi fazer uma boa primeira comunhão, até este momento, em que está cumprindo o nobre dever de soldado, nesse belo Exército francês, que se torna dia a dia, alegro-me em verificar, mais cristão e mais religioso. Tenho a convicção, meu excelente e caro filho, de que no tumulto das distrações, dos próprios desvios da idade, sua fé continua intacta. Os atos o demonstram. Sei que tem honrado o dever de contribuir para nossas boas obras. Considero-o um filho predileto.

– Pois bem! O senhor reverendo, então, vai prestar serviço ao filho predileto. Diga ao duque de Brécé que me conceda o botão de equipagem.

– O botão?

– O botão de equipagem.

– O botão de equipagem! Mas, meu filho, é uma coisa de arte venatória, isso de que me fala; e eu não sou, como o senhor cura de Treviès, um grande caçador diante do Eterno. Pratiquei Santo Tomás de preferência a Santo Hubert. O botão de equipagem! Não é uma expressão figurada, uma metáfora, para exprimir a ideia de uma caçada em comum? Enfim, meu filho, quer ser convidado para as caçadas do senhor de Brécé.

O jovem Bonmont sobressaltou-se:

– Não é bem isso... Um convite... Estou certo de receber convite para as caçadas do senhor de Brécé, por conta do utensílio.

– Ao cibório, ao cibório, ao cibório, *ciborium*. Acredito também, meu filho, que o senhor duque e a senhora duquesa terão o prazer de lhe enviar um convite, uma vez que estejam certos de que, fazendo-o, possam agradar-lhe e à senhora sua mãe.

– Acredito. Uma vez que aceitaram a prataria... Mas o senhor poderia dizer-lhes que eu não ficaria encantado com o convite. Mofar num canto isolado, receber no rosto a poeira das montarias e ser alcançado por um picador porque se está pisando uma estrada é o tipo de distração de que não ando ávido. Os Brécé podem guardar o convite.

– Nesse caso, meu filho, não lhe compreendo bem a intenção.

– É clara minha intenção, senhor reverendo. Não quero que os Brécé zombem de mim, eis aí minha intenção.

– Explique-se melhor, eu lhe peço.

– Está bem! Senhor reverendo, imagine-se encerrado no *Carrefour du Roi*, com o médico da aldeia, a mulher do capitão da polícia e o primeiro escrevente do senhor Irvoy. Não, é inadmissível. Ao passo que, se tenho o botão, caço com a montaria. Ver-se-á, ainda que eu, às vezes, tenha o jeito um pouco atrapalhado, se não sou um cavalheiro que pisa firme. Muito bem! O botão o senhor poderá obtê-lo para mim, senhor reverendo. Os Brécé não lhe recusarão. Terá apenas de solicitá-lo, em nome de Nossa Senhora das Belas Folhas.

– Meu filho, não misture nunca, peço, Nossa Senhora das Belas Folhas nessa história, que não é das que lhe interessam. A Virgem milagrosa de Brécé está bastante ocupada em conceder mercês às viúvas, aos órfãos e aos nossos caros soldados de Madagascar. Existe, pois, meu bom Ernesto, vantagem tão grande em possuir o botão? Sua posse compreende, sem dúvida, privilégios singulares. Explique-me todos eles. Não desdenho, em absoluto, a velhíssima e nobilíssima arte de caçar. Pertenço ao clero de uma diocese eminentemente cinegética. Peço que me esclareça.

– O senhor se diverte, senhor reverendo; o senhor zomba de mim. Sabe perfeitamente que o botão compreende o direito de vestir o uniforme com as cores da equipagem... Vou falar-lhe de coração aberto. Sou franco: tenho recursos. Desejo o botão de Brécé porque é elegante tê-lo, e porque estimo a elegância. Desejo-o por esnobismo; sou esnobe. Desejo-o porque serei lisonjeado, jantando no dia de Santo Hubert na companhia dos Brécé. Acredito que o botão de Brécé me assentaria bem! Tenho enorme desejo, não oculto. Não adoto falsa modéstia... nem verdadeira tampouco, enfim... Ouça-me, senhor reverendo: tenho uma coisa importante a dizer-lhe. É preciso que saiba que, pedindo o botão ao duque de Brécé, não fará senão pedir o que me é devido... perfeitamente... o que me é devido. Tenho propriedades na região. Não mato os veados, deixo-os passar por mim, deixo-os mesmo atacar-me; são atitudes que merecem consideração e reconhecimento. O senhor de Brécé deve o botão a este bom vizinho que se chama Ernesto...

O padre nada respondeu. Visivelmente resistia, recusando-se. O jovem Bonmont recomeçou:

– Não tenho necessidade de lhe dizer, senhor reverendo, que, no caso de os Brécé cobrarem o botão, o preço não me importará.

O padre Guitrel teve um gesto de protesto:

– Elimine essa hipótese, meu filho. Ela não se enquadra no caráter do duque de Brécé.

– É possível, senhor reverendo. Botão de graça, botão pago, isso depende do feitio e das ideias. Há equipagens que custam aos proprietários 80 mil francos por ano; há outras, que dão aos seus, lucros de 30 mil francos. O que digo não é para censurar os que cobram o botão. Pessoalmente, eu estaria disposto a fazê-lo. Entendo que é justo. Além disso, há regiões onde as caçadas são tão caras que o proprietário, mesmo rico, não pode suportar sozinho as despesas. Imagine, senhor reverendo, uma caçada nos arrabaldes de Paris. Admitiria ter de arcar com todas as despesas, pagando do próprio bolso as altíssimas indenizações aos camponeses? Creio, porém, como o senhor, que não exista botão à venda em Brécé. O duque não tem jeito de quem transforma a equipagem em fonte de renda. Pois bem! O senhor me conseguirá o botão de graça, senhor reverendo! Tudo é lucro.

Antes de responder, o padre Guitrel rolou sete vezes a língua na boca. O sinal de sabedoria não deixou de inquietar bastante o jovem Bonmont.

Enfim:

– Meu caro filho, eu já disse e volto a dizer: estimo-o ternamente. Gostaria de ser-lhe útil, se não apenas agradável. Agarraria prontamente todos os ensejos de lhe prestar serviço. Mas, com efeito, não tenho credenciais para solicitar em seu favor a distinção mundana que denomina botão. Imagine se o senhor duque, depois de ouvir minha exposição de sua súplica, opusesse qualquer resistência, levantasse alguma dificuldade... Ficaria diante dele sem forças e desarmado. Que meios um pobre professor de eloquência do grande seminário encontraria para vencer as resistências, remover as dificuldades, arrebatar o consentimento, por assim dizer, de viva força? Nada tenho de mim que fale e se imponha aos grandes deste mundo. Não posso, não devo, ainda mesmo num ensejo fútil como esse, aceitar uma atribuição de cujo êxito não esteja seguro.

O jovem Bonmont olhou o padre Guitrel com um misto de surpresa e admiração e lhe disse:

– Compreendo, senhor reverendo. Não é possível agora. Mas, quando for bispo, poderá conquistar o botão como se conquista uma argolinha no *carroussel*... Certamente!

– É provável – respondeu gravemente o padre Guitrel –, que, se um bispo lhe pedisse o botão de caçada para um amigo, o senhor de Brécé não o recusasse, de modo algum.

4

Nessa noite, monsieur Bergeret, tendo concluído grandes trabalhos, sentia-se exausto. Realizara o passeio habitual na cidade, na companhia do senhor Goubin, seu discípulo predileto desde a traição do senhor Roux, e, pensando nas tarefas concluídas, perguntava a si mesmo que fruto o homem colhia do trabalho. O senhor Goubin, interrogando-o, disse-lhe:

– Mestre, acredita que Paul-Locis Courier seja bom assunto de tese francesa?

Monsieur Bergeret não lhe deu resposta. Como passasse diante da loja da senhora Fusellieur, a papeleira, deteve-se na vitrine, onde os modelos de desenhos estavam expostos à luz a gás, e reparou com interesse no Hércules Farnésio, que exibia os músculos no meio das gravuras escolares.

– Tenho-lhe simpatia – disse o monsieur Bergeret.

– Por quem? – perguntou o senhor Goubin, limpando as lentes dos óculos.

– Por Hércules – respondeu monsieur Bergeret. – Era um bravo homem. "Meu destino", disse ele, "é trabalhoso e voltado a um fim superior." Trabalhou muito nesta terra, antes de ser recompensado com a morte, que é, com efeito, a única recompensa da vida. Não tinha tempo de se entregar à meditação; os longos pensamentos não lhe alteraram nunca a simplicidade da alma. Mas sentia-se triste logo que chegava a noite e seu grande coração, a despeito de uma viva inteligência, revelava-lhe a vaidade do esforço e a necessidade que conduz os melhores a praticar o mal ao mesmo tempo que o bem. Havia nesse homem forte uma singular meiguice. E uma vez que acontecia, como a qualquer um, de misturar sem cuidado os inocentes com os faltosos, os fracos com os violentos, experimentava, sem dúvida alguma, pesar. Talvez lamentasse os monstros infelizes que destruíra para o bem dos homens, o pobre touro de Creta, a pobre hidra de Lerna, esse belo leão que lhe deixara, moribundo, um manto bem quente. Mais de uma vez, depois do trabalho, ao crepúsculo, sua clava deve ter-lhe pesado muito.

Monsieur Bergeret levantou o guarda-chuva, com esforço, como uma arma pesadíssima. E prosseguiu o discurso:

– Ele era robusto e fraco. Nós o amamos porque se parece conosco.

– Hércules? – inquiriu o senhor Goubin.

– Sim – respondeu singelamente monsieur Bergeret. – Como nós, nasceu miserável, filho de um deus e uma mulher, tendo, dessa dupla origem, a tristeza de uma alma pensante e as misérias de um corpo faminto. Sujeitou-se a vida toda aos caprichos de um rei fantástico. Não somos também os filhos de Zeus e da infeliz Alcmena, e escravos de Euristeu? Eu dependo do ministro da Instrução Pública, que me pode enviar à Argélia como Hércules foi mandado à terra dos Nasamons.

– O senhor não nos abandonará, não é, caro mestre? – perguntou o senhor Goubin, inquieto.

– Veja como ele é triste! – prosseguiu monsieur Bergeret. – Com que lassidão se apoia na clava e deixa cair o braço! A cabeça pendida, pensa nos rudes trabalhos. O Hércules Farnésio procede, certamente, da estátua de Lisipo. Aprendiz de ferreiro, antes de ter sido estatuário, Lisipo, robusto escultor do robusto herói, fixou o tipo de Hércules.

Tendo, ainda uma vez, limpado com o lenço as lentes dos óculos, o senhor Goubin procurava discernir na vitrina quaisquer traços da imagem descrita pelo mestre. Enquanto assim o fazia, a senhora Fusellier, ouvindo soar as nove horas, apagou o gás sob os olhos piscantes do discípulo, que não percebeu sequer o motivo por que não enxergava nada, pois sofria de uma miopia que o separava do mundo imaginário onde se move a maioria dos homens.

E tendo monsieur Bergeret retomado o caminho e o discurso, ele o seguiu pela voz, pois era guiado pelo ouvido em todos os caminhos da terra por onde sua mocidade prudente se arriscava.

– Seu vigor – dizia o mestre de conferências – produzia fraqueza. Estava subordinado às próprias forças, sujeito às exigências do temperamento que o forçava a comer carneiros inteiros, a esvaziar ânforas de vinho escuro e o levava a cometer tolices por causa de mulheres que não valiam grande coisa. O herói, que trazia com sua clava a paz e a justiça augusta ao mundo, o filho de Zeus, adormecia, às vezes, a um canto, ao pé de um frade de pedra, como um bêbado, ou se hospedava durante semanas e meses na casa de uma mulher, de quem se tornava amante preferido. Daí sua melancolia. Com uma alma simples, obediente, amiga da justiça, com músculos possantes, era de temer que não se tornasse nunca um excelente militar apenas, um transcendente soldado de polícia. Mas suas fraquezas, suas experiências infelizes, suas culpas engrandeceram-lhe a alma, abrindo-lhe a variedade da vida, e encheram de meiguice sua terrível vontade.

– Meu caro mestre – perguntou o senhor Goubin –, acredita que Hércules seja o Sol, que seus 12 trabalhos sejam os signos do Zodíaco e que o vestido ardente de Dejanira represente as nuvens inflamadas do crepúsculo?

– Pode ser – respondeu monsieur Bergeret –, mas não quero acreditar. Faço de Hércules a ideia que fazia, no tempo das guerras médicas, um barbeiro de Tebas ou uma vendedora de ervas de Elêusis. Essa ideia vale bem, segundo penso, em força, abundância e vivacidade, todos os sistemas da mitologia comparada. Era um homem valente. Indo procurar os cavalos de Diomedes, passou por Feres e deteve-se diante do palácio de Admete. Pediu primeiro o que comer e beber, tratou mal os servos, que nunca tinham visto hóspede tão grosseiro, coroou-se de mirtos e bebeu imoderadamente. Embriagado e sem orgulho, queria que o copeiro bebesse com ele à força. Este, muito chocado com suas maneiras, respondeu severamente que não era o momento de rir e beber, uma vez que a rainha, a boa Alceste, acabava de ser sepultada. Ela votara-se a Tânatos, em lugar de Admete, seu marido. Aí estava, portanto, uma morte que nada tinha de vulgar, antes apresentava uma espécie de encantamento. O bom Hércules, logo que melhorou da bebedeira, inquiriu apenas para onde tinham levado Alceste. Ela repousava na estrada de Larisse, fora dos subúrbios, num túmulo de mármore polido. Correu para lá. Quando Tânatos, de túnica preta, veio provar os doces, regados com sangue, depositados em oferenda, o herói, que ficara escondido por detrás da câmara ardente, precipitou-se contra o rei das sombras, esmagou-o com os braços e o obrigou, todo arrebentado, a devolver-lhe

Alceste, que conduziu, velada e silenciosa, ao palácio de Admete. Dessa vez recusou a refrescar-se. Estava com pressa. Só tinha tempo para ir procurar os cavalos de Diomedes. Eis uma aventura maravilhosa. Prefere talvez a dos cercopes,* senhor Goubin? Um chamava-se Andolus, o outro, Atlantos. Tinham fisionomias de macaco. Os nomes levam a crer que tivessem também cauda, como os pequenos macacos. Eram larápios, cheios de astúcia, que pilhavam os pomares. A mãe deles os avisava sem descanso para não brincarem com o herói melampígio. Era assim, como sabe, que se designava familiarmente Hércules, que não tinha a pele branca. Os imprudentes desdenhavam um aviso tão sábio. Tendo surpreendido, certo dia, o melampígio adormecido no musgo, à borda de um riacho, escorregaram até ele para furtar-lhe a clava e a pele de leão. Acordando subitamente, porém, o herói agarrou-os, amarrou-os pelos pés a um ramo de árvore e, levando-os às costas, seguiu caminho. Os cercopes não ficaram muito à vontade, sem dúvida, nem muito certos da sorte. Mas, como tinham o corpo flexível e a alma leve, e tudo lhes era distração, divertiram-se com o que viam. Era precisamente o motivo pelo qual o herói era chamado de melampígio. Atlantos chamou a atenção do irmão Andolus, que replicou que o herói era mesmo aquele de quem sua mãe falara. E ambos, enquanto balançavam como cabritos na vara de um caçador, cochichavam: "Melampígio, melampígio", com um riso sardônico, semelhante ao grito da ave na floresta. Hércules era irritadiço e não suportava troça. Mas não misturava em tudo o amor-próprio e não pretendia ter pele branca

*Povo da ilha de Pitecusa, transformados, na lenda, em macacos, por causa de sua perfídia. (*N. do E.*)

no corpo inteiro como o pobre e mesquinho Hilas. A alcunha de melampígio lhe parecia, ao contrário, honrosa e própria de um homem forte, que seguia pelos caminhos realizando grandes trabalhos. Ele era simples, e divertia-se com pouco. As palavras dos dois cercopes deram-lhe tanta vontade de rir que teve câimbras nos rins e, colocando a caça no chão, sentou-se à margem da estrada para soltar livremente gargalhadas heroicas. Encheu longo tempo o vale com os sons alegres da sua garganta. O sol, que descia no horizonte, espalhava púrpura nas nuvens e fazia brilhar o cume das serras. Sob os pinheiros e lariços frondosos o herói ainda ria. Enfim, ergueu-se, amarrou os dois homenzinhos-macacos e depois, tendo-os repreendido, deixou-os livres, retomando na noite, pela montanha, o duro caminho. Vê-se que ele era bonachão.

– Caro mestre – disse o senhor Goubin –, permita-me que lhe formule uma dúvida. Acredita que Paul-Louis Courier seja bom tema para uma tese de doutoramento? Porque, desde que eu tenha desfrutado minha licença...

5

Como se falasse do *Affaire* na casa Paillot, no canto dos livros, monsieur Bergeret, que tinha espírito especulativo, exprimiu ideias que não correspondiam, de modo algum, ao sentimento público.

– As portas fechadas – disse –, eis uma praxe detestável.

E como o senhor de Terremondre lhe apresentasse razões de Estado, replicou:

– Não temos, absolutamente, Estado. O que denominamos razão de Estado é a razão da burocracia. De fato, ela permite à administração esconder as culpas ou agravá-las.

O senhor Mezure disse com solenidade:

– Sou republicano, jacobino, terrorista... e patriota. Admito que se guilhotinem generais, mas não permito que se discutam as decisões da justiça militar.

– Tem razão – retrucou o senhor de Terremondre –, pois se uma justiça é respeitável, deve ser assim. Posso assegurar, conhecendo o Exército, que não há juízes tão indulgentes e tão capazes de piedade quanto os juízes militares.

– Fico feliz de ouvir isso – replicou monsieur Bergeret. – Mas, sendo o Exército uma administração como a Agricultura, as Finanças ou a Instrução Pública, não se concebe como possa existir uma justiça militar, quando não existe uma justiça agrícola, nem justiça financeira, nem justiça universitária. Toda justiça privada está em oposição aos princípios do direito moderno. Os prebostes militares parecerão aos nossos descendentes tão góticos e bárbaros quanto nos parecem as justiças senhoriais e seus oficialismos.

– Está brincando – disse o senhor de Terremondre.

– É o que disseram sempre todos que previram o futuro – respondeu monsieur Bergeret.

– Mas, se tocarem nos conselhos de guerra – exclamou o senhor de Terremondre –, será o fim do Exército, será o fim do país!

Monsieur Bergeret formulou esta resposta:

– Quando os padres e os grão-senhores foram privados do direito de enforcar os vilões, acreditou-se que era o fim de tudo. Mas, depressa, viu-se nascer uma nova ordem, superior à antiga. Falo em submeter o soldado, no tempo de paz, ao direito comum. Acredita que, desde Carlos VII, ou ao menos desde Napoleão, o Exército francês não tinha sofrido mudanças maiores do que essa?

– Eu – disse o senhor Mazure – sou um velho jacobino, mantenho os conselhos de guerra e coloco os generais sob a autoridade de uma comissão de salvação pública. Não há nada melhor para decidi-los a obter vitórias.

– Isso é outro caso – disse o senhor de Terremondre. – Volto ao que nos ocupa e pergunto a monsieur Bergeret se acredita, de boa-fé, que sete oficiais possam enganar-se.

– Quatorze – exclamou o senhor Mazure.

– Quatorze – repetiu o senhor de Terremondre.

– Acredito – respondeu monsieur Bergeret.

– Quatorze oficiais franceses! – rugiu o senhor de Terremondre.

– Oh! – disse monsieur Bergeret. – Fossem eles suíços, belgas, espanhóis, alemães ou holandeses e poderiam, da mesma forma, enganar-se.

– Não é possível – exclamou o senhor de Terremondre.

O livreiro Paillot sacudiu a cabeça, para exprimir que também na sua opinião era impossível. O caixeiro Léon encarou monsieur Bergeret com indignada surpresa.

– Não sei se os senhores serão algum dia esclarecidos – disse mansamente monsieur Bergeret. – Não o creio, ainda que tudo seja possível, até mesmo o triunfo da verdade.

– Refere-se à revisão – disse o senhor de Terremondre. – Isso, nunca! A revisão, ninguém a terá. Seria a guerra. Três ministros e vinte deputados afirmaram-me.

– O poeta Bouchour – respondeu monsieur Bergeret – ensina-nos ser preferível suportar os males da guerra a cometer uma ação injusta. Mas os senhores não se encontram diante dessa alternativa, meus amigos, pois o que se procura é estarrecê-los com mentiras.

No momento em que pronunciava essas palavras, um grande tumulto explodiu na praça. Era um bando de garotos que passava gritando: "Abaixo Zola! Morte aos judeus!" Eles iam quebrar as vidraças do sapateiro Meyer que se supunha israelita, e os burgueses da cidade os olhavam com benevolência.

– Essas valentes crianças! – exclamou o senhor de Terremondre quando os manifestantes passaram.

Monsieur Bergeret, com o nariz num livro grosso, pronunciou lentamente estas palavras: "A liberdade não tinha em seu favor senão uma ínfima minoria de pessoas instruídas. Quase o clero inteiro, os generais, a plebe ignara e fanática queriam um senhor."

– Que está dizendo? – perguntou o senhor Mazure, agitado.

– Nada – respondeu monsieur Bergeret. – Leio um capítulo da história da Espanha. O quadro dos costumes públicos ao tempo da restauração de Fernando VII.

Entrementes, o sapateiro Meyer foi meio atacado. Não se lamentava, de medo de vir a sê-lo de todo, e porque a justiça do povo, associada à justiça do Exército, inspirava-lhe admiração silenciosa.

6

Monsieur Bergeret não era triste, porque desfrutava a verdadeira independência, que é toda íntima. Tinha a alma livre. Saboreava ainda a doçura profunda da solidão, depois da partida da senhora Bergeret, aguardando a filha Paulina, que traria em breve, de Arcachon, sua irmã. Monsieur Bergeret prometia a si mesmo viver em harmonia com a filha, que com ele se parecia por certo senso de espírito e de linguagem, pelo que a felicitavam. Dava-lhe prazer a ideia de rever a irmã Zoé, solteirona que, não tendo sido bela, conservava a franqueza natural, fortalecida por uma secreta disposição de desagradar, e que, de resto, não tinha falta de espírito nem de coração.

No momento, monsieur Bergeret ocupava-se dos cuidados da mudança. Dependurava nas paredes do gabinete, por cima da biblioteca, velhas gravuras de Nápoles e do Vesúvio, que herdara. Ora, de todos os trabalhos de que se possa ocupar um homem honesto, o de fincar pregos na parede é aquele que produz os mais tranquilos prazeres. O conde de Caylus, sensível a tantas volúpias, colocava acima de todas as demais a de abrir caixas de cerâmica etrusca. Assim, monsieur Bergeret dependurava na sua parede um velho guache representando o Vesúvio, na noite azul, com um penacho de chama e de fumaça. Esse quadro recordava-lhe as horas da infância admirada e encantada. Ele não era triste. Tampouco era alegre. Tinha constrangimentos de dinheiro. Conhecia as deselegâncias da pobreza. O dinheiro faz o homem, como dizia Pindaro (*Isth.*, *II*).

Não era simpático aos colegas e discípulos. Tampouco era simpático à cidade. Pela incapacidade de sentir e compreender como todos eles, fora excluído da comunhão humana; e sua singularidade privava-o dessa doçura social, que atua mesmo através das paredes de uma casa e das portas fechadas. Só porque pensava essas coisas era uma criatura estranha, inquietante, suspeita a todos. Ele perturbava mesmo o livreiro Paillot. O canto dos livros, seu asilo e refúgio, não lhe era mais seguro. No entanto, ele não era triste. Arrumava os livros em prateleiras de pinho, empilhadas diante dele pelo carpinteiro, divertindo-se em apalpar esses pequenos monumentos de sua vida humilde e meditativa. Ordenava a mudança com zelo. E quando estava fatigado de dependurar quadros e dispor móveis, mergulhava em algum livro, duvidando ainda se deveria encontrar prazer nisso, pois esse livro era uma coisa humana, e divertindo-se por fim. Leu algumas páginas de uma obra sobre "o progresso realizado pelas sociedades modernas". E pensou.

– Sejamos humildes. Não nos acreditemos excelentes, pois não o somos, de modo algum. Examinando-nos a nós mesmos, descobrimos nosso verdadeiro rosto, que é rude e violento como o dos nossos pais, e, uma vez que temos sobre eles a vantagem de uma tradição mais longa, conheçamos ao menos a perseverança e a continuidade de nossa ignorância.

Assim conjeturava monsieur Bergeret, enquanto ia organizando a mudança. Não era triste. Tampouco era alegre, pensando que desejaria sempre em vão a senhora de Gromance, não ignorando que ela só lhe era preciosa pelo desejo que nele inspirava. Mas essa verdade filosófica não lhe aparecia claramente por motivo do distúrbio de seus sentidos. Não era belo, não era moço, não era rico e não era triste, porque a sabedoria o aproximava da bem-aventurada serenidade, sem todavia chegar a alcançá-la. Ele não era alegre porque era sensual, e sua alma não era isenta de desejos e ilusões.

A criada Maria, tendo concluído sua tarefa de encher a casa de terror e horror, fora despedida. Escolhera, para substituí-la, uma mulher tranquila, da cidade, a quem chamava Angélica, e que era tratada por senhora Borniche entre os vendeiros e camponeses do mercado.

Fora abandonada, ainda jovem e feia, por Nicolau Borniche, seu marido, hábil cocheiro, mas indivíduo debochado. Tornara-se criada e já servira a diversos patrões. Ficara-lhe da primeira condição certo orgulho, que nem sempre lhe fazia temer ser importuna, e entusiasmo de governar. De resto, era herbanária e curandeira, um pouco feiticeira, e enchia a casa com um bom cheiro de ervas.

O coração cheio de sincero zelo, era atormentada por uma eterna necessidade de amar e agradar. Desde o primeiro dia, estimara monsieur Bergeret pela sua distinção de espírito e a meiguice das maneiras. Mas aguardava com impaciência a vinda da senhorita Bergeret. Um pressentimento advertia-lhe que não agradaria de modo algum à irmã de Arcachon. Ela satisfazia, ao contrário, monsieur Bergeret, que estimava a paz conquistada em casa e a feliz libertação.

Os livros, até bem pouco tempo desprezados e repudiados, foram erguidos em longas prateleiras num quarto amplo e claro. Aí trabalhava em paz no seu *Virgilius nauticus*, entregava-se às orgias silenciosas da meditação. Um jovem plátano agitava molemente, diante da janela, as folhas podadas, e mais ao longe, num negro contraforte de Saint-Exupère, erguia-se o pináculo rachado no qual crescia uma cerejeira, presente de um pássaro.

Certa manhã, em que monsieur Bergeret, sentado à mesa junto à janela na qual tremulavam as folhas do plátano, procurava saber de que modo os navios de Eneias se haviam transformado em ninfas, sentiu que lhe arranhavam a porta e viu logo a velha criada, que tinha sobre o ventre, como um gambá, uma cria cuja cabeça preta saía do avental amarrado como um bolso. Ela permaneceu um momento imóvel, com ar de inquietude e esperança, depois colocou o pequeno ser no tapete ao pé do mestre.

– Que é isso? – perguntou monsieur Bergeret.

Era um cãozinho de raça indefinida, que tinha um pouco de *terrier*, com uma linda cabeça, bem penteada, e pelo curto, cor de fogo escuro, e um coto de rabo insensível. Tinha ainda o corpo mole das crianças e caminhava, cheirando o tapete.

– Angélica – disse monsieur Bergeret –, leve esse animal aos donos.

– Meu senhor, ele não tem dono – respondeu Angélica.

Monsieur Bergeret contemplou em silêncio o cãozinho, que lhe tinha vindo cheirar os chinelos e fungava graciosamente. Monsieur Bergeret era filólogo. Talvez por isso fez, nessa conjuntura, uma pergunta vã:

– Como ele se chama?

– Meu senhor – respondeu Angélica –, ele não tem nome.

Monsieur Bergeret pareceu contrariado com a resposta. Contemplou o cão com ar de tristeza e desconsolo.

O cão colocou, então, as duas patas dianteiras no chinelo de monsieur Bergeret e, mantendo-se assim abraçado, mordiscava-lhe a ponta com inocência. Monsieur Bergeret, de súbito enternecido, colocou nos joelhos o animalzinho sem nome. O cachorro olhou para ele. E monsieur Bergeret emocionou-se com o olhar confiante.

– Lindos olhos! – disse.

Realmente, o cão tinha lindos olhos, sobrancelhas pardas, com fios dourados, numa amêndoa de um branco quente. O olhar que esses olhos emitiam refletia ideias simples e misteriosas, que eram comuns aos animais pensativos e aos homens simples que vivem na Terra.

Fatigado, talvez, do esforço intelectual que acabara de realizar para se entender com o homem, fechou os lindos olhos e mostrou, num largo bocejo, a goela cor-de-rosa, a língua enrolada e o exército de dentes brilhantes.

Monsieur Bergeret meteu a mão na boca do animal. O cãozinho lambeu-a. E a velha Angélica, tranquilizada, sorriu.

– Não há nada mais afetuoso do que esse animalzinho – disse ela.

– O cão – explicou monsieur Bergeret – é um animal religioso. Selvagem, adora a Lua e as claridades flutuantes das águas. São seus deuses e ele lhes dirige, à noite, longos grunhidos. Doméstico, ele torna favoráveis, pelas carícias, os poderosos gênios que dispõem dos bens da vida, os homens. Venera-os; cumpre, para honrá-los, ritos que conhece de ciência hereditária, lambe-lhe as mãos, atira-se às suas pernas e, quando os sente irritados, aproxima-se deles, rastejando, em sinal de humildade, para lhes apaziguar a cólera.

– Nem todos os cães – disse Angélica – são amigos do homem. Há os que mordem a mão que lhes mata a fome.

– São os cães ímpios e delirantes – disse monsieur Bergeret –, insensatos como Ajax, filho de Télamon, que feriu com a mão Afrodite de ouro. Esses sacrílegos morrem de má morte ou, então, levam vida errante e miserável. Não sucede o mesmo com os cães que, associados às querelas do próprio deus, combatem o deus vizinho, o deus inimigo. Esses são heróis. Tal o cão do açougueiro Lafolie, que atravessou com uma presa aguda a panturrilha do andarilho Pied-d'Alouette. Porque é verdade que os deuses dos cachorros fazem a guerra entre si, como os deuses dos homens. E Turco, de nariz chato, serve seu deus Lafolie contra os deuses bandoleiros, assim como Israel auxiliava Iaveh a destruir Chamos e Moloch.

Entretanto, o cãozinho, assegurando-se de que o discurso de monsieur Bergeret não era nada interessante, dobrou as patas e esticou o focinho para dormir nos joelhos que o tinham acolhido.

– Onde o encontrou? – inquiriu monsieur Bergeret.

– Na verdade, meu senhor, foi o chefe do senhor Dellion que o deu a mim.

– De modo – disse monsieur Bergeret – que temos a nosso encargo essa alma?

 – Que alma? – perguntou a velha Angélica.

– Essa alma canina. Um animal tem, a bem dizer, uma alma. Não digo uma alma imortal. Contudo, considerada a posição que ocupamos no Universo, eu e esse pobre animal, reconheço a um e outro precisamente os mesmos direitos à imortalidade.

Depois de ter hesitado por longo tempo, a velha Angélica disse, num doloroso esforço que lhe franzia o lábio superior sobre os dois dentes que lhe restavam:

– Se o senhor não quer o cão, eu o devolverei ao chefe do senhor Dellion. Mas poderá ficar com ele, eu asseguro. Não o verá nem o ouvirá.

Mal ela falara, o animalzinho, com o barulho de um caminhão que atravessava a rua, levantou-se nos joelhos de monsieur Bergeret e pôs-se a grunhir, profunda e longamente, de tal modo que os vidros ressoaram.

– É cão de guarda – disse Angélica, em forma de desculpa. – Não há outro mais fiel.

– Já lhe deu de comer? – perguntou monsieur Bergeret.

– Sem dúvida – respondeu Angélica.

– Que é que ele come?

– O senhor bem sabe que os cachorros comem restos.

Monsieur Bergeret, um pouco mordido, insistiu tontamente que ela poderia, na precipitação, tê-lo agarrado antes de lhe dar de comer. Depois do que o acomodaram ainda, pois era visível tratar-se de um cão de seis meses.

Monsieur Bergeret colocou-o no tapete, reparando nele com interesse.

– É bonito! – disse a criada.

– Não, ele não é bonito – replicou monsieur Bergeret. – Mas é simpático, e tem lindos olhos. É o que diziam de mim – acrescentou o professor – quando tinha o triplo de sua idade e nem mesmo ainda a metade de sua inteligência. Sem dúvida, desde então, lancei sobre o Universo um olhar que ele jamais lançará. Mas, aos olhos da verdade absoluta, pode-se dizer que meu conhecimento iguala ao seu na pequenez. É, como o dele, um ponto no infinito.

E dirigindo-se ao pobre animalzinho, que farejava a cesta de papéis:

– Fareja, fareja – disse –, funga, toma do mundo exterior todos os conhecimentos que podem chegar ao teu cérebro simples pela ponta do teu nariz negro como uma trufa. É que eu, entretanto, observo, comparo, estudo: não saberemos nunca, nem um nem outro, o que fazemos aqui e por que nos encontramos aqui. Que é que fazemos no mundo, hein?

Como tivesse falado um pouco alto, o animalzinho olhou-o com inquietude. Monsieur Bergeret, regressando à ideia que lhe tinha primeiro ocorrido, disse à criada:

– É preciso dar-lhe um nome.

Ela respondeu rindo, as mãos no ventre, que não era difícil.

Ao que monsieur Bergeret fez, interiormente, esta reflexão de que tudo é simples para os simples, mas que os espíritos prevenidos, que avaliam as coisas sob aspectos diversos e múltiplos, invisíveis ou vulgares, experimentam uma grande dificuldade em decidir-se, mesmo nas menores coisas. E procurou um nome que pudesse convir a essa coisinha animada que, no momento, mordiscava a franja do tapete.

"Todos os nomes de cachorros", pensou, "conservados nos compêndios de nossos velhos mosteiros, como du Fouilloux, e nos versos dos nossos poetas agrestes, como La Fontaine, Finaud, Miraut, Briffaut, Ravaud, designam cães de caça, a nobreza do canil, a cavalaria da canalha. O cão de Ulisses chamava-se Argos. Era também caçador. Homero ensina-nos: 'Na juventude, caçava as lebrezinhas de Ítaca. Mas estava velho e não caçava mais.' Precisamos de coisa bem diversa. Os nomes que as solteironas têm por costume escolher para os totós conviriam melhor, se não fossem ordinariamente pretensiosos e mesquinhos. Azor é ridículo."

Assim conjeturava monsieur Bergeret e recordava de memória nomes de cachorros sem encontrar um único que lhe agradasse. Pensou em inventar um, mas não tinha imaginação.

Enfim:

– Em que dia estamos? – perguntou.

– Nove – respondeu Angélica –, quinta-feira, 9.

– Muito bem! – disse monsieur Bergeret. – Podemos batizar esse cão com o nome de Quinta-Feira, como Robinson chamou seu negro Sexta-Feira, por motivo análogo, não é?

– Como desejar o senhor – disse Angélica –; mas não é nada bonito.

– Então – argumentou monsieur Bergeret – procure um nome para essa criatura. Por que, afinal, foi sua a ideia de introduzir esse cachorro aqui.

– Oh! – disse a criada. – Eu não saberia descobrir um nome. Não tenho bastante espírito. Quando o vi, na palha da cozinha, chamei-o Riquet; e ele veio brincar com minhas saias.

– Chamou-o Riquet! – exclamou monsieur Bergeret. – Que nos diz! Ele é Riquet e continuará Riquet. Eis uma coisa assegurada. Agora pode ir com Riquet, deixando-me trabalhar.

– Senhor – disse Angélica –, deixo-lhe o cão; eu o levarei quando voltar do mercado.

– Poderá bem levá-lo ao mercado – respondeu monsieur Bergeret.

– Meu senhor, é que vou também à igreja.

É verdade que ia à sacristia de Saint-Exupère encomendar missa para repouso da alma de seu marido. É o que fazia, invariavelmente, todos os anos; não que tivesse jamais sido avisada da morte de Borniche, de quem não tivera mais notícia alguma desde que a abandonara. Mas era uma história fixada na imaginação dessa mulher simples que Borniche morrera. Desse modo, não receava mais que lhe viesse tomar o pouco dinheiro de que dispunha e contribuía, de acordo com as forças, para libertá-lo de embaraços no outro mundo, enquanto a deixasse tranquila neste.

– Eh! – disse monsieur Bergeret. – Feche esse animal na cozinha ou noutro lugar conveniente e não me atrapalhe...

Não pudera concluir, sentindo que Angélica tinha partido. Não era sem propósito que, fazendo cara de quem não compreendia coisa alguma, deixara Riquet ao pé de seu dono. Queria habituá-los um com o outro e dar um amigo a esse pobre monsieur Bergeret, que não tinha nenhum. Puxando a porta às costas, meteu-se pelo corredor, descendo os degraus. Monsieur Bergeret retomou o trabalho, mergulhando logo a cabeça no seu *Virgilius nauticus.* Esse trabalho era-lhe agradável. Era o repouso do pensamento, uma espécie de divertimento confortável, um jogo que se joga sozinho, e que desperta o prazer de baralhar as cartas. Com efeito, ele tinha na mesa, em caixas, um lindo jogo de fichas. Ora, enquanto movia com perícia a frota de Eneias, confortavelmente, em pequenos pedaços, em cartões frágeis, sentiu como que punhos minúsculos batendo-lhe nas pernas. Riquet, de que não mais se ocupara, erguido, dava-lhe tapinhas no joelho, com as duas patas, agitando o pequeno coto de rabo. Quando se fatigou, Riquet deixou-se escorregar ao longo das calças; erguera-se ainda, recomeçando os tapinhas. Monsieur Bergeret, voltando a cabeça de toda sua ciência de papel, viu dois olhos escuros que o contemplavam com simpatia.

"O que empresta beleza humana aos olhares dos cães", pensou, "é que são, de quando em quando, de uma álacre vivacidade e uma grave lentidão, e que por eles se exprime uma pequena alma muda, a cujos pensamentos não faltam nem duração nem profundidade, porque é uma alma atenta. Meu pai amava os gatos e eu os amava por isso. Ele admitia que os gatos são os melhores companheiros dos sábios, cujo trabalho respeitam. Bajazet, seu angorá, passava quatro horas por noite, imóvel e soberbo, num canto da mesa. Recordo-me das pupilas de ágata de Bajazet; mas como esses olhos de pedra preciosa, que escondem os pensamentos, como esse olhar de gato pateador era frio, duro e pérfido! Prefiro o olhar úmido do cão."

Entretanto, Riquet levantava insistentemente e agitava as patas. E monsieur Bergeret, inquieto para voltar aos passatempos filosóficos, disse-lhe com candura, mas em tom ligeiro:

– Riquet, vá deitar-se!

Ao que Riquet foi meter o focinho contra a porta pela qual Angélica saíra. Permaneceu ali, lançando, a intervalos, pequenas queixas humílimas. Depois sapateou e suas unhas tamborilaram docemente no chão. Depois a débil queixa recomeçava, depois o tamborilar. Monsieur Bergeret, a quem o barulho alternado importunava, disse imperiosamente:

– Riquet, fique quieto!

Riquet observou-o longamente, com os olhos escuros, um pouco tristes. Sentou-se no coto de rabo, contemplando ainda monsieur Bergeret, ergueu-se, voltou-se contra a porta, farejou e fez ouvir, de novo, sua queixa aguda e meiga.

– Quer sair? – inquiriu monsieur Bergeret.

O dono, abandonando a pena, levantou-se e foi até a porta, que entreabriu de três ou quatro dedos. Então, assegurando-se de que não ficaria preso na passagem, Riquet transpôs a saída, que fora aberta, afastando-se com uma tranquilidade que assumia quase ares de má-criação.

Monsieur Bergeret, que era sensível, notou isso, voltando à mesa. E pensou:

"Estava quase censurando esse animal, por ter saído sem dizer obrigado, nem adeus, e exigindo-lhe que se desculpasse e pedisse perdão. Foi seu lindo olhar humano que me inspirou essa tolice. Considerava-o como um dos meus semelhantes."

Tendo feito essa reflexão, monsieur Bergeret agarrou-se, de novo, à metamorfose dos barcos de Eneias, belo conto popular, talvez um pouco simplório para ser fixado em linguagem tão nobre. Mas monsieur Bergeret não via inconveniente algum. Sabia que os contos da carochinha fornecem aos poetas, mais ou menos, toda a matéria épica, que Virgílio recolhera piedosamente no seu poema, as adivinhações, trocadilhos e fábulas grosseiras dos antepassados, e que Homero, seu mestre, e o mestre de todos os cantores, nada mais fizera do que narrar o que contavam antes dele, desde mil anos e mais, as matronas da Iônia e os pescadores das ilhas. De resto, era então o menor dos seus aborrecimentos. Inquietava-se mais com outra coisa. Um termo que encontrara na narrativa encantadora da metamorfose não lhe apresentava ao espírito um sentido suficientemente exato. Daí sua inquietação.

– Bergeret, meu amigo – dizia a si mesmo –, é aí que se torna indispensável abrir os olhos e demonstrar sagacidade. Pense que Virgílio se exprime constantemente com extrema exatidão, quando trata de técnica das artes; lembre-se do que ele fez no *yachting* de Baies, de que era perito em construção naval, e que é indispensável, pois, que se tenha expressado nessa passagem com exatidão.

E monsieur Bergeret conferiu cuidadosamente numerosos textos para esclarecer o sentido do vocábulo que compreendia mal, e que devia explicar. Estava a ponto de ver claramente isso, ou pelo menos percebia já alguns lampejos, quando ocorreu na porta uma espécie de barulho de correntes que, de fato, não era terrível de todo, mas que lhe pareceu bizarro. Ao barulho seguiu-se logo uma queixa frágil e clara, e monsieur Bergeret, arrancado à filologia, supôs, sem esforço, que os sons importunos eram produzidos por Riquet.

Riquet, de fato, depois de ter procurado inutilmente Angélica pela casa, fora empolgado pelo desejo de rever monsieur Bergeret. A solidão era-lhe dolorosa na mesma medida em que a companhia do homem lhe era agradável. Para interromper o ruído e também por uma secreta vontade de rever Riquet, monsieur Bergeret ergueu-se da poltrona e foi abrir a porta. Riquet entrou no gabinete tranquilamente, como saíra. Mas, logo que viu a porta de novo fechada, assumiu um ar triste e percorreu o cômodo como alma penada. De súbito, pareceu procurar com interesse qualquer coisa embaixo dos móveis, e fungava ruidosamente. Depois andava sem destino ou sentava-se num canto, à maneira dos pobres que se colocam nos pórticos das igrejas. Por fim, ladrou contra o Hermes de gesso que se encontrava em cima da chaminé.

E monsieur Bergeret dirigiu-lhe estas palavras, cheias de justas repreensões:

– Riquet, essa agitação vã, esses farejamentos e esses latidos seriam mais convenientes numa estrebaria do que no gabinete de um professor. Ao que parece, teus ancestrais viviam entre cavalos, com os quais partilhavam a liteira. Não te censuro, é natural que tenhas herdado seus costumes e inclinações, como herdaste o pelo curto, o corpo em forma de salame e o focinho afilado. Não falo dos teus olhos escuros, de vez que há poucos homens e decerto poucos cachorros que conseguem abri-los tão belos à luz do dia. Mas, de resto, és um traquinas, meu rapaz, um traquinas dos pés à cabeça, de pernas curtas e pernas tortas. Ainda uma vez, não te desdenho nada. O que digo é para que saibas que, se queres viver comigo, deverás abandonar esses modos de traquinas e escolher maneiras de colegial, permanecer silencioso e tranquilo e respeitar o trabalho, a exemplo de Bajazet, que durante quatro horas por noite contemplava, sem um movimento, a pena de meu pai correr no papel. Era uma secreta e discreta criatura. Como teu caráter é diferente, meu amigo! Desde que entraste neste quarto de estudos tua voz rouca, teus fariscos incongruentes, tuas queixas em forma de apitos de máquina a vapor, o ruído de bolas e correntes que fazem tuas unhas, as trepidações de toda tua maquinazinha perturbam-me sem descanso os pensamentos, interrompem-me as reflexões. Eis que, ladrando, tu me fazes perder o sentido de uma passagem capital de Servius, sobre a popa do barco de Eneias. Saiba, pois, Riquet, meu amigo, que é aqui a casa do silêncio e o refúgio da meditação. Se te agrada morar aqui, faze-te bibliotecário. Cala-te!

Assim falou monsieur Bergeret. Riquet, que ouvira esse discurso até o fim com atenção muda, aproximou-se do dono e colocou, num gesto súplice, uma pata tímida no joelho, que assim parecia venerar segundo o hábito antigo. E monsieur Bergeret, no seu benevolente pensamento, agarrou-o pelas costas, colocando-o na almofada da poltrona profunda. Riquet fez três voltas no pequeno espaço e aí se deitou. Permaneceu silencioso e tranquilo. Estava feliz. Monsieur Bergeret sabia-o, de bom grado. E, folheando Servius, passava por momentos a mão no pelo curto, que, sem ser fino, era liso e muito agradável de afagar. Riquet, mergulhado numa modorra, contagiava o dono com o bom calor vital, o fogo sutil e meigo dos seres animados. Monsieur Bergeret trabalhou, daí em diante, com mais prazer que de costume no seu *Virgilius nauticus*.

Ele tinha instalado no gabinete prateleiras de pinho que subiam até o teto, suportando livros metodicamente perfilados. Abarcava-os todos com um olhar e tudo quanto nos resta do pensamento latino estava-lhe ao alcance da mão. Os gregos espremiam-se a meia altura. Num canto discreto, de fácil acesso, encontrava-se Rabellais, os excelentes recitadores das *Cem novas novelas*, Bonaventura de Périers, Guilherme Bouchet, todos os velhos contistas franceses, que monsieur Bergeret julgava mais adequados à humanidade do que os mais sublimes autores, e que lia, de preferência, nas horas de repouso. Suas obras eram em edições modernas e comuns que mandava cobrir, por um humilde encadernador da cidade, com folhinhas de antifonários, e tinha certo prazer vendo esses francos palradores assim ornados de *Réquiem* e de *Miserere*. Era o luxo único e a única fantasia de sua austera biblioteca. Os outros livros eram ou brochuras ou revestidos de encadernações pobres e gastas. O uso amigo e paciente que o dono deles fazia, dava-lhes, portanto, o agradável aspecto de utensílios, arrumados na oficina de um infatigável operário. Os tratados de arqueologia e de arte estavam colocados na prateleira mais alta, não por desdém, sem dúvida, mas como objeto de uso menos frequente.

Ora, enquanto, dividindo a poltrona com Riquet, monsieur Bergeret trabalhava no seu *Virgilius nauticus*, o acaso quis que, para resolver súbita dificuldade, ele precisasse consultar o pequeno *Manual* de Ottfried Müller, que se encontrava justamente a um dedo do teto.

Para alcançá-lo não era preciso ter uma das altas escadas de rodas, terminadas em prateleira e balaústres, como se encontrava na biblioteca da cidade e como tiveram os grandes bibliófilos dos séculos XVII, XVIII e XIX, entre os quais diversos caíram e assim morreram honrosamente, da forma que é descrita no tratado que traz o título *Dos bibliófilos que morreram caindo da escada*. Não, sem dúvida, não era preciso tanto a monsieur Bergeret. Uma escadinha dobrável, de cinco ou seis degraus, satisfaria suas necessidades. Vira, havia tempos, na loja do marceneiro Clérambaut, na rue de Josde, um móvel que, dobrado, tinha aspecto ótimo, com uma chanfradura nas pernas e uma folha de trevo aberta na madeira, para por ela passar-se a mão. Monsieur Bergeret teve grande vontade de comprá-la. Renunciara, em vista das condições dos seus negócios, que andavam embaraçados. Ninguém melhor no mundo soube, como ele, que feridas de dinheiro não são mortais; mas não tinha escadinha. Substituía-a por uma velha cadeira, cujo encosto, roto, de longa data, na parte arqueada, não apresentava senão duas espécies de chifres ou antenas que, com o uso, pareciam mais nocivos do que úteis. Por isso mesmo foram cerrados sistematicamente, na altura do assento, de modo que a cadeira se transformou em tamborete. Esse tamborete convinha mal ao destino que lhe dera monsieur Bergeret, isto por dois motivos. Primeiro, o tecido de junco, frouxo pelo uso prolongado, afundava-se no meio e o pé não estava seguro. Além disso, o tamborete era muito baixo e, quando se subia nele, só depois de levantar o braço era possível atingir a prateleira superior, com as pontas dos dedos. E, na maioria das vezes, tentando-se retirar um livro, faziam-se cair vários no chão, que, fossem encadernados ou brochuras, ficavam com os cantos rompidos ou abertos, em forma de leque e sanfona.

Ora, no empenho de alcançar o *Manual* de Ottfried Müller, monsieur Bergeret deixou a poltrona que dividia com Riquet. O animal, que enrolado como uma bola, a cabeça no ventre, repousava num quente langor, entreabriu um olho voluptuoso que logo fechou. E monsieur Bergeret foi apanhar o tamborete, no canto escuro onde estava oculto, colocou-o no ponto necessário, subiu nele, conseguindo, depois de se colocar nas pontas dos pés e estender o braço o mais possível, tocar com um dedo, em seguida com dois, a lombada do livro que julgou ser aquele de que precisava. Quanto ao polegar, permanecera por baixo da prateleira, pois não tinha qualquer emprego. Monsieur Bergeret, que tinha grande dificuldade em retirar o livro pretendido, refletiu que a mão humana constitui instrumento precioso, precisamente porque o polegar é nela oposto aos outros dedos e que os homens não seriam, de nenhum modo, artistas se tivessem quatro pés e não tivessem mão alguma.

"É à mão", disse consigo mesmo, "que os homens devem o serem construtores de máquinas, pintores, escribas e, ordinariamente, manipuladores de todas as substâncias. Se não dispusessem de um polegar oposto aos outros dedos, achar-se-iam tão impedidos quanto me acho, no momento, e não mudariam a face da Terra. A forma da mão é que, sem dúvida, assegurou o império do mundo ao homem."

Mas, quase em seguida, monsieur Bergeret pensou que os macacos, a despeito de terem quatro mãos, não criaram artes, nem conformaram a Terra para seu conforto. E suprimiu do espírito a teoria que acabava de esboçar. Entretanto, ele fazia o que era possível com os dois dedos. É preciso saber que o *Manual* de Ottfried Müller compreende três volumes e um atlas Era do primeiro volume que monsieur Bergeret tinha necessidade. Retirou, antes, o segundo volume, depois o atlas, por fim o terceiro e só depois o primeiro. Equilibrava-se. Já estava prestes a descer quando o assento cedeu sob o pé, que o atravessou. Perdeu o equilíbrio e tombou no chão, menos rudemente do que se poderia temer, pois que diminuíra a violência da queda agarrando-se a uma das prateleiras da biblioteca.

Achava-se, todavia, no chão, espantado, com uma perna enfiada pela cadeira furada, o corpo invadido e como que envolto numa dor difusa que, breve, se fez sentir particularmente no cotovelo e no quadril do lado esquerdo, sobre o qual tombara. Mas, como sua máquina não estava gravemente avariada, reconstituiu logo os sentidos; pensava em retirar a perna do tamborete, onde se intrometera desgraçadamente, e erguer-se de preferência com o lado direito, que nada sofrera. Fazia esforço quando sentiu um sopro cálido no rosto. Voltando as pupilas, que a dor e o terror tinham dilatado, viu, contra a sua fisionomia, a fisionomia de Riquet.

Ao ruído da queda, Riquet saltara da poltrona, correndo para o seu senhor. Perto dele, agora, agitava-se, cheio de receios, avançando e recuando. De vez em quando, aproximava-se com simpatia e fugia de medo de um perigo misterioso. Compreendia bem que uma desgraça tinha acontecido, mas não dispunha de espírito bastante refletido para descobrir suas causas: daí sua inquietude. Sua fidelidade atraía-o para junto do amigo machucado, sua prudência detinha-o à margem do lugar funesto. Por fim, enchendo-se de coragem, com a calma e o silêncio que se haviam restabelecido, com as patas dianteiras trêmulas, lambeu o pescoço de monsieur Bergeret, contemplando-o com um olhar de medo e afeição. E o mestre desabado sorriu, enquanto o cão lhe lambeu a ponta do nariz. Foi um grande reconforto para monsieur Bergeret, que aliviou a perna direita, pôs-se de pé, alcançou a poltrona, capengando e sorrindo.

Riquet retomara seu lugar. Seus olhos só luziam pela fenda estreita das pálpebras cerradas. Parecia não pensar mais na aventura que acabara de lançar ambos numa tão grande emoção. Esse entezinho vivia o instante presente, sem se importar com o tempo passado, não porque lhe faltasse memória, pois que se recordava não só do passado, mas do profundo passado ancestral, pois que sua cabeça, do tamanho de um punho fechado, era rico depósito de conhecimentos úteis; mas não se deleitava, de modo algum, com essa recordação, e a memória não lhe era, como acontecia com monsieur Bergeret, musa divina.

E monsieur Bergeret, afagando o pelo curto e liso do seu companheiro, pronunciou estas palavras de afeto:

– Cachorro, pelo preço do teu repouso, que te deve ser caro, vieste a mim quando me encontrava aterrado e consternado. Não riste, como teria feito no teu lugar o mais jovem indivíduo da minha espécie. É bem verdade que não tens o sentimento do ridículo e que, se para ti a natureza tem aspectos alegres e aspectos terríveis, não os tem cômicos. Mas, por isso mesmo, por tua gravidade ingênua, constituis o companheiro mais seguro que pode existir. Cachorro, quando nos encontramos na vida, vínhamos de dois pontos da criação afastados um do outro, muito afastados. Pertencemos a duas espécies bem diferentes. O que digo não é para conquistar vantagens, mas, ao contrário, por um sentimento de fraternidade universal. Há apenas duas horas que nos conhecemos. Minha mão não te deu a comer. Que obscura caridade jorrou de tua pobre alma em meu favor? Tua simpatia é um mistério encantador. Não te repudio mais. Dorme no lugar que escolheste, amigo!

Tendo dito isso, monsieur Bergeret folheou o *Manual* de Ottfried Müller que, por um instinto bastante milagroso, conservara na mão durante e depois da queda. Folheou-o, pois, não encontrando o que procurava.

Entretanto, os movimentos renovavam-lhe as dores.

"Acredito", pensava ele, "que tenho todo o lado esquerdo contundido e uma equimose no quadril, e suponho que minha perna direita esteja inteiramente esfolada. Sinto, no cotovelo esquerdo, uma dor terrível. Mas devo queixar-me desse mal que me fez descobrir um amigo?"

Pensava desse modo quando a velha Angélica, suando e bufando, entrou no gabinete. Ela primeiro abriu a porta e depois bateu. Não entrava nunca sem bater. Quando não o fazia antes, fazia-o depois; pois que tinha experiência, sabendo que a polidez mandava agir assim. Entrou, portanto, bateu e disse:

– Senhor, venho buscar o cachorro.

Monsieur Bergeret ouviu isso com sensível desagrado. Não tinha ainda examinado bem seus direitos sobre Riquet. Percebeu que não tinha nenhum e ficou triste com a ideia de que a senhora Borniche poderia separá-lo desse animal. Porque, enfim, Riquet não pertencia à senhora Borniche. Respondeu, afetando indiferença:

– Ele dorme; deixe-o dormir.

– Não o vejo – disse a velha Angélica.

– Está ali – disse monsieur Bergeret –, no fundo da poltrona.

A velha Angélica, com as mãos cruzadas no grande ventre, sorriu e disse com meiga ironia:

– Pergunto a mim mesma que prazer pode encontrar esse animal em dormir colado às suas costas.

– Isso – respondeu monsieur Bergeret – é lá com ele.

Mas, como tivesse o espírito de análise, procurou logo os motivos de Riquet e, descobrindo-os, mencionou-os com a costumeira boa-fé:

– Dou-lhe calor e minha presença tranquiliza-o. Esse pequeno companheiro é doméstico e friorento.

E monsieur Bergeret ainda acrescentou:

– Sabe, Angélica?... Irei daqui a pouco comprar-lhe uma coleira.

7

O reitor, senhor Leterrier, espírito absoluto e filósofo espiritualista, não tivera nunca simpatia pela inteligência crítica de monsieur Bergeret. Mas uma circunstância bastante memorável tinha-os aproximado. O senhor Leterrier tomara partido no *Affaire*. Tinha assinado um protesto contra a condenação, que julgava, em sã consciência, ilegal e errônea. Rapidamente, tornou-se objeto da cólera e do menosprezo público.

Na cidade, que contava 150 mil habitantes, não havia senão cinco pessoas com os mesmos sentimentos acerca do *Affaire;* eram monsieur Bergeret, seu colega na faculdade, dois oficiais de artilharia e o senhor Eusébio Boulet. Os oficiais, todavia, guardavam rigoroso silêncio, e o senhor Eusébio Boulet, redator-chefe do *Farol*, julgava-se obrigado, pelo dever profissional, a exprimir a cada dia, com violência, ideias contrárias às suas, a atacar o senhor Leterrier e denunciá-lo à indignação dos homens honestos.

Monsieur Bergeret tinha escrito ao seu reitor uma carta de felicitação. O senhor Leterrier foi visitá-lo.

– Não lhe parece – disse o senhor Leterrier – que há, na verdade, uma força que a torna invencível e assegura, numa hora mais ou menos próxima, seu triunfo definitivo? É o que pensava o ilustre Ernesto Renan; é o que foi recentemente expresso em uma declaração digna de ser gravada em bronze.

– E é o que eu não penso – disse monsieur Bergeret. – Penso, ao contrário, que às vezes parece fadada a perecer obscuramente, sob o desprezo e a injúria. Essa convicção eu a poderia ilustrar com abundantes provas. Considere, meu amigo, que a verdade tem sobre a mentira traços de inferioridade que a condenam a desaparecer. Primeiro ela é una, como diz o padre Lantaigne, que a admira. E verdadeiramente não há o que contestar. Pois, sendo a mentira múltipla, tem contra ela a vantagem do número. Não é esse, entretanto, seu defeito único. Ela é inerte. Não é suscetível a modificações; não se presta a combinações, que poderiam fazê-la entrar sem tropeços na inteligência e nas paixões dos homens. A mentira, ao contrário, tem recursos maravilhosos. É flexível e plástica. E, mais ainda (não receemos dizê-lo), ela é natural e moral. É natural como o produto ordinário do mecanismo dos sentidos, fonte e reservatório de ilusões; e é moral no que se harmoniza com os hábitos dos homens que, vivendo em comum, fundaram sua ideia do bem e do mal, suas leis divinas e humanas, sobre as mais antigas interpretações, as mais santas, as mais absurdas, as mais augustas, os mais bárbaros e falsos dos fenômenos naturais. A mentira é o princípio de toda virtude e de toda beleza entre os homens. Também se vê que imagens aladas sobrenaturais lhes embelezam os jardins, os palácios e os templos. Eles só ouvem, com prazer, as mentiras dos poetas.

O que leva a repudiar a mentira e a procurar a verdade? Tal empresa não se pode inspirar senão na curiosidade de decadentes, por uma temeridade culposa de intelectuais. É um atentado à natureza natural do homem e à ordem da sociedade. É uma ofensa aos amores como às virtudes dos povos. O progresso desse mal seria funesto se acaso fosse incitado. Mas vemos, de fato, que ele é pequeníssimo e lentíssimo e que a verdade nunca molesta muito a mentira.

– É evidente – disse o senhor Leterrier – que não se incluem nisso as verdades científicas. Seu progresso é rápido, irresistível e benemérito.

– Está, infelizmente, fora de dúvida – disse monsieur Bergeret – que as verdades científicas, que penetram nas massas, aí desaparecem como num pântano, afogam-se, não explodem e não têm força para destruir os erros e os preconceitos. As verdades de laboratório, que exercem no senhor e em mim, meu caro, um poder soberano, não têm nenhum domínio sobre a massa do povo. Citarei um exemplo apenas. O sistema de Copérnico e Galileu é inteiramente irreconciliável com a física cristã. Entretanto, vê-se que ele penetrou na França e por toda parte no mundo, até nas escolas primárias, sem modificar em nada os conceitos teológicos que devia destruir de todo. É certo que as ideias de um Laplace sobre o sistema do mundo fazem da velha cosmogonia judaico-cristã uma coisa tão pueril quanto um mostrador de relógio fabricado por qualquer operário suíço. No entanto, as teorias de Laplace são claramente expostas, desde cerca de um século, sem que os pequenos contos judeus ou caldeus sobre a origem do mundo, que se encontram nos livros sagrados dos cristãos, tenham perdido coisa alguma do seu crédito entre os homens. A ciência nunca prejudicou a religião, e pode demonstrar-se o absurdo de uma prática piedosa sem diminuir o número aas pessoas que se entregam à mesma. As verdades científicas não são simpáticas ao vulgo. Os povos, meu amigo, vivem de mitologia. Tiram da fábula as noções de que precisam para viver. Não precisam de muito; algumas mentiras simples bastam para dourar milhões de existências. Breve, a verdade não terá mais qualquer força sobre os homens. Seria lamentável que tivesse, pois é contrária ao seu gênio como aos seus interesses.

– O senhor é como os gregos, monsieur Bergeret – disse o senhor Leterrier. – Por isso cria belos sofismas e seus raciocínios parecem afinados com a flauta de Pã. Entretanto, acredito, ao lado de Ernesto Renan, ao lado de Émile Zola, que a verdade traz em si mesma uma farsa penetrante que o erro não possui, de modo algum, nem a mentira. Digo "a verdade", e o senhor me ouve bem, monsieur Bergeret. Pois que essas palavras, tão belas de verdade e de justiça, não precisam de definição para que se compreenda seu sentido real. Elas encerram em si mesmas uma beleza que brilha, uma luz celeste. Creio, pois, no triunfo da verdade. É o que me anima nas provações que enfrento neste momento.

– É possível que tenha razão – disse monsieur Bergeret. – Mas, em tese geral, acredito que o conhecimento que se tem dos fatos e dos homens está raramente de acordo com os próprios homens e com os fatos realizados, que os meios pelos quais nosso espírito pode aproximar-se dessa conformidade são incompletos e insuficientes e que, se o tempo descobre novos, destrói ainda mais do que cria. A meu ver, a senhora Roland, na prisão, demonstrava uma confiança um pouco pueril na justiça humana, quando apelava, com um coração tão firme e um espírito tão seguro, para a posteridade imparcial. A posteridade não é imparcial porque é indiferente. Ela esquece tudo quanto não lhe interessa mais. Não é um juiz, é uma turba, uma turba cega, estarrecida, miserável e violenta, como todas as turbas. Ela ama mas odeia principalmente. Tem seus preconceitos; vive na atualidade. Ignora o passado. Não há posteridade.

– Mas – disse o senhor Leterrier – existem horas de justiça e reparação.

– Acredita – replicou monsieur Bergeret – que essa hora soe algum dia para Macbeth?

– Para Macbeth?

– Para Macbeth, filho de Finleg, rei da Escócia. A lenda e Shakespeare, duas grandes forças do espírito, fizeram dele um criminoso. Estou convencido, porém, meu amigo, de que era um homem excelente. Protegeu os indivíduos do povo e os membros da Igreja contra a violência dos nobres. Foi rei parcimonioso, justiceiro, amigo dos artesãos. A crônica atesta-o. Ele não assassinou o rei Duncan. Sua mulher não era de modo algum pérfida. Chamava-se Gruoch e exercera três desagravos contra a família Malcolm. Seu primeiro marido fora queimado vivo no castelo. Tenho ali, na minha mesa, numa revista inglesa, o indispensável para provar a virtude de Macbeth e a inocência de *lady* Macbeth. Acredita que, publicando essas provas, alterarei o sentimento universal?

– Não creio – respondeu o senhor Leterrier.

Nesse momento, clamores subiram na praça pública. Eram cidadãos que, segundo o costume que criaram, iam quebrar as vitrinas do sapateiro Meyer, em homenagem ao Exército.

Gritavam "Morra Zola! Morra Leterrier! Morra Bergeret! Morram os judeus!" E como o reitor demonstrasse tristeza e alguma indignação, monsieur Bergeret mostrou-lhe que era preciso compreender o entusiasmo da multidão.

– Essa tropa – disse – vai quebrar os vidros de um sapateiro. Conseguirá fazê-lo sem sacrifícios. Acredita que semelhante ajuntamento de homens conseguiria, com a mesma facilidade, colocar vidros ou campainhas na casa do general Cartier de Chalmot? Certamente que não. O entusiasmo popular não é construtivo. É essencialmente subversivo. Desta vez, é a nós que pretende destruir. Mas é indispensável dar pouco valor à circunstância particular. Devemos pesquisar as leis que governam o pensamento.

– Sem dúvida – respondeu o senhor Leterrier, que era a candura em pessoa. – Mas isso que acontece me consterna. Poderíamos, sem queixumes, ver insurgir-se contra a verdade e a equidade esse povo que foi professor do direito na Europa e no mundo e que ensinou a justiça ao universo?

8

Tendo morrido aos 82 anos, o primeiro presidente, senhor Cassignol, foi levado à igreja num caixão de pobre, segundo vontade expressa. A assistência inteira estava completamente ofendida, como que por uma prova de menosprezo à opulência, objeto do respeito público, e pelo abandono ostensivo de um privilégio peculiar à classe burguesa. Lembrava-se de que o senhor Cassignol tinha mantido sempre o lar honrosamente e conservado até a velhice severo asseio de trajes. Ainda que fosse visto sempre a ocupar-se de obras católicas, ninguém poderia imaginar, aplicando-lhe as palavras de um orador cristão, que estimasse tornar-se igual aos mesmos. O que ninguém admitia como produto de um excesso de caridade passava por um paradoxo de orgulho, e todos encaravam friamente essa humildade soberba.

Lamentava-se, também, que o defunto, oficial da Legião de Honra, tivesse recusado as honras militares. O estado dos espíritos, inflamados pelos jornais nacionalistas, era tal que todo mundo lamentava abertamente na multidão não se verem soldados. O general Cartier de Chalmot, vestido à paisana, foi saudado com profundo respeito pela comissão de advogados. Magistrados, em grande número, e eclesiásticos acotovelavam-se diante da casa mortuária. E quando, aos dobres dos sinos e precedido da cruz e dos cantos litúrgicos, o féretro avançou lentamente a caminho da catedral – entre os chapéus brancos de 12 religiosas seguidas de meninos e meninas das escolas congreganistas, cuja fila, cinza e preta, se alongava a perder de vista –, o sentido dessa longa vida consagrada ao triunfo da Igreja Católica evidenciou-se. A cidade em peso seguia em procissão. Monsieur Bergeret caminhava entre os últimos do cortejo. O senhor Mazure, aproximando-se, disse-lhe ao ouvido:

– Não ignorava, absolutamente, que esse velho Cassignol fora, em vida, carrasco zeloso. Mas não sabia que havia sido tão grande clericalista. Ele dizia-se liberal!

– E era – respondeu monsieur Bergeret – Era preciso que o fosse, pois que aspirava ao domínio. Não é por intermédio da liberdade que se atinge o império?... Meu caro senhor Mazure, o senhor enternece-me.

– Por quê? – perguntou o arquivista.

– Porque, em simpatia com a multidão, o senhor desenvolve incessantemente a faculdade comovente de se deixar enganar, e marcha com escrúpulo na procissão dos iludidos triunfantes.

– Oh! Se quer falar do *Affaire* – respondeu energicamente o senhor Mazure –, previno-o de que não nos compreenderemos de modo algum...

– Bergeret, conhece bem esse eclesiástico? – perguntou o doutor Fornerol.

E indicou com o olhar um padre ágil e gordo que se intrometia na turba.

– O padre Guitrel! – exclamou monsieur Bergeret. – Quem não conhece Guitrel e sua criada? Atribuem-se-lhes aventuras outrora narradas por La Fontaine e Bocácio. De fato, a criada do padre Guitrel tem idade canônica. Esse padre, que breve será bispo, disse há pouco uma frase que me transmitiram e que repito, por minha vez. Disse ele: "Se o século XVIII deve ser denominado o século do crime, o século XIX será talvez chamado o século da expiação." Hein! E se o padre Guitrel tiver dito a verdade?

– Não – respondeu o arquivista. – O número dos espíritos emancipados cresce dia a dia. A liberdade de consciência está conquistada como nunca. O império da ciência está fundado. Porém, temo uma volta ofensiva dos clericalistas. As circunstâncias favorecem a reação. Estou inquieto. Não sou, como os amigos, um diletante. Amo a República com um amor impaciente e feroz.

Discorrendo desse modo, atingiram o adro da catedral. Por cima dos crânios lisos, grisalhos ou negros, pelo grande espaço aberto, fugiam da sombra cálida os sons do órgão e o cheiro do incenso.

– Não vou até lá dentro – disse o senhor Mazure.

– Entrarei por um instante – retrucou monsieur Bergeret. – Gosto das cerimônias do culto.

Quando entraram, o *Dies erae* desenrolava suas amplas fórmulas. Monsieur Bergeret encontrava-se por trás do senhor Laprat-Teulet. Via, do lado do evangelho, reservado às mulheres, a senhora de Gromance, branca, no seu vestido escuro, os olhos como flores, vazios de qualquer pensamento. Achou-a mais apetecível desse modo. O cantor fez jorrar, na vasta nave, esta estrofe do idioma dos mortos:

Qui latronem exaudisti
Et Mariam absolvisti,
Mihi quoque spem dedisti.

– Ouve, Fornerol – disse monsieur Bergeret. – "*Qui latronem exaudisti*... Tu, que ouviste um ladrão e absolveste uma pecadora, a mim também deste esperança." Há, sem dúvida, alguma grandeza em dizer essas palavras a uma assembleia. O mérito pertence a esses visionários ferozes e meigos dos Abruzzo, a esses pobres servidores dos pobres, a esses loucos amáveis, que renunciaram a todas as riquezas para fugir ao ódio que as mesmas provocam. Péssimos economistas, esses companheiros de São Francisco. O senhor Méline os menosprezaria profundamente se um dia, por acaso, ouvisse falar a seu respeito.

– Ah! – disse o doutor. – Foram os companheiros de São Francisco que previram como esta assistência seria composta!

– O *Dies irae* foi composto num convento franciscano do século XIII – disse monsieur Bergeret. – Seria preciso consultar, a propósito, meu grande amigo o comendador Aspertini.

Entretanto, a cerimônia dos mortos terminava.

Acompanhando o coche que levava ao cemitério os despojos do magistrado, o senhor Mazure, o doutor Fornerol e monsieur Bergeret, que caminhavam lado a lado, iam conversando.

Como passassem diante da casa da rainha Margarida, comentaram:

– O ato está assinado – disse o arquivista Mazure. – Terremondre, antigo proprietário da morada de Filipe Tricouillard, instala aí coleções, com o secreto propósito de vender, um dia, caríssimo a vila, de que será benfeitor. A este respeito ele, Terremondre, decidiu-se; figura em Seuilly como republicano progressista, mas todos sabem de que lado quer progredir na República. É um aliciado.

– Ele não é sustentado pelo governo? – inquiriu monsieur Bergeret.

– É apoiado pelo prefeito e combatido pelo subprefeito – respondeu o senhor Mazure. – O subprefeito de Seuilly é orientado pelo presidente do Conselho. O prefeito Worms-Clavelin segue as instruções do ministro do interior.

– Vejam esta loja! – disse o doutor Fornerol.

– A loja da viúva Leborgne, tintureira? – indagou o senhor Mazure.

– Justamente – disse o doutor Fornerol. – Seu marido morreu de modo singular, há seis semanas. Morreu de medo, literalmente, por inibição, só por ter visto um cão que supunha hidrófobo e que o era na mesma medida que eu sou.

O doutor Fornerol expôs a morte dos diversos homens e mulheres junto dos quais exercera sua arte, atendendo a chamados.

O senhor Mazure, que era livre-pensador, foi empolgado pelo grande desejo de possuir uma alma imortal, diante da morte.

– Não creio – afirmou – numa única palavra de quantas ensinam as diversas Igrejas que dividem, hoje, o domínio espiritual dos povos. Sei muito bem como se elaboram os dogmas, como eles se formam e se transformam. Mas por que não haveria em nós um princípio pensante e por que esse princípio não sobreviveria à associação de elementos orgânicos a que se chama vida?

– Gostaria – disse monsieur Bergeret – de perguntar-lhe o que vem a ser um princípio pensante, mas tenho medo de lhe criar embaraços, sem dúvida.

– De modo algum – replicou o senhor Mazure. – Chamo desse modo a causa do pensamento, ou, se preferir, o próprio pensamento. Por que o pensamento não seria imortal?

– Sim, por quê? – perguntou por sua vez monsieur Bergeret.

– Essa hipótese não é, de modo algum, absurda – disse o senhor Mazure, encorajado.

– E por que – perguntou monsieur Bergeret – um senhor Dupont não ocuparia a casa das Tintelleires, que tem o número 38? Essa hipótese não é, de modo algum, absurda. O nome Dupont é comum na França, e a casa de que falo forma três residências.

– O senhor não fala sério – disse o senhor Mazure.

– Eu, de meu lado, sou espiritualista – disse o doutor Fornerol. – O espiritualismo é agente terapêutico que não se deve desprezar, no estado atual da medicina. Minha clientela inteira acredita na imortalidade da alma e não compreende que se façam pilhérias a propósito. A gente simples, nas Tintelleries como alhures, quer ser imortal. Nós lhe causaríamos desgosto se afirmássemos o contrário. Não vê a senhora Péchin, que sai ali do pomar, com os tomates no cesto? Diga-lhe pois: "Senhora Péchin, a senhora desfrutará as felicidades celestiais durante milhares de séculos, mas não será imortal. A senhora durará mais do que as estrelas, e durará mesmo depois que as nebulosas se transformem em sóis e depois que os mesmos sóis se tenham extinguido, e na inconcebível duração desses tempos a senhora será banhada de delícias e de glória. Mas a senhora não é, de modo algum, imortal, senhora Péchin." Se lhe falar desse modo, ela não avaliará nunca que lhe estão dando uma boa notícia e se, vencendo o impossível, a notícia for apoiada em provas que lhe abalem a fé, ela ficará desolada, entregando-se ao desespero a pobre velha, e comerá seus tomates misturados com lágrimas. A senhora Péchin quer ser imortal. Todos os meus enfermos querem ser imortais. O caro senhor Mazure, o senhor também, amigo Bergeret, ambos querem ser imortais. Devo-lhes confessar agora que a instabilidade é o caráter essencial das combinações que geram a vida. A vida, querem que eu a defina cientificamente? É o desconhecido que se escafede...

– Confúcio – disse monsieur Bergeret – era um homem razoável. Seu discípulo, Ky-Lu, perguntando-lhe um dia como era preciso servir aos Espíritos e aos Gênios, o mestre respondeu: "Se o homem não se encontra ainda em condições de servir à humanidade, como poderia servir aos Espíritos e aos Gênios?" "Permita-me", acrescentou o discípulo, "indagar-lhe o que vem a ser a morte." E Confúcio respondeu: "Uma vez que não sabemos o que seja a vida, como poderíamos conhecer a morte?"

O cortejo, atravessando a rue Nacional, passou pelo colégio. E o doutor Fornerol, recordando os dias de sua infância, disse:

– Foi ali que estudei. Há muito tempo. Sou muito mais velho do que os amigos. Completarei 56 anos dentro de oito dias.

– Realmente – disse monsieur Bergeret –, a senhora Péchin quer ser imortal?

– Ela estará certa de que o é – respondeu o doutor Fornerol. – Se o senhor lhe disser o contrário, ela se zangará, e não acreditará.

– Desse modo – perguntou monsieur Bergeret –, não lhe espanta o ter de durar sempre, no rolar universal das coisas? Ela não se farta de alimentar esperanças desmedidas? Provavelmente não meditou sobre a natureza dos seres, sobre as condições da vida.

– Que importa! – disse o doutor. – Não compreendo sua surpresa, meu caro monsieur Bergeret. Essa matrona é religiosa. A religião é mesmo tudo o que ela possui no mundo. É católica, tendo nascido num país católico. Acredita no que lhe ensinaram. É natural.

– Doutor, o senhor fala como Zaira – disse monsieur Bergeret. – *J'eusse été prés du Gange...* De resto, a crença na imortalidade da alma é comum na Europa, na América, em parte da Ásia. Espalha-se na África com os tecidos de algodão.

– Melhor! – disse o doutor. – Pois ela é indispensável à população. Sem ela, os infelizes não se resignariam facilmente à sorte.

– Entretanto – disse monsieur Bergeret –, os cules chineses trabalham com salário mesquinho. São pacientes e resignados, e não são espiritualistas.

– Porque são amarelos – disse o doutor Fornerol. – As raças brancas são menos resignadas. Concebem ideais de justiça e de altas esperanças. O general Cartier de Chalmot tem razão em dizer que a crença na vida futura é indispensável aos exércitos. Ela é também de grande utilidade em todas as transações sociais. Sem o temor ao inferno, haveria menos honestidade.

– Doutor – inquiriu monsieur Bergeret –, acredita que ressuscitará?

– Para mim, isso é indiferente – respondeu o doutor. – Não preciso acreditar em Deus para ser honesto. Em matéria de religião, como sábio, tudo ignoro; como cidadão, acredito em tudo. Sou católico de Estado. Admito que as ideias religiosas sejam essencialmente moralizantes, e que contribuam para dar ao povo sentimentos humanos.

– É uma opinião muito propagada – disse monsieur Bergeret. – Ela me é suspeita pela própria vulgaridade. As opiniões comuns correm sem exame. Quase sempre, ninguém as admitiria se sobre elas detivesse atenção. Há algumas que lembram o amador de espetáculos que, durante vinte anos, entrou na Comédie-Française lançando ao controlador este nome: Defunto Scribe. Um direito de entrada semelhante não suportaria exame. Mas ninguém o examina. Como admitir que as ideias religiosas sejam essencialmente moralizantes, quando se verifica que a história dos povos cristãos é tecida de guerras, de massacres e de suplícios? O senhor não quererá que se seja mais piedoso do que se é nos mosteiros. Entretanto, todas as espécies de frades, os brancos e os negros, os pios e os capuchinhos, se mancharam com os crimes mais execráveis. Os agentes infames da Inquisição e os padres da Liga eram piedosos e eram também cruéis. Não falo dos papas que ensanguentaram o mundo, porque não se pode afirmar que acreditavam na vida futura. A verdade é que os homens são animais malfeitores e que continuam malfeitores mesmo quando esperam ir deste mundo para outro, o que é desarrazoado, se pensarmos nisso. Todavia, não acredite, doutor, que contesto o direito da senhora Péchin de se considerar imortal. Direi mesmo em seu favor que ela não ficará, de modo algum, decepcionada ao sair desta vida; pois que uma ilusão duradoura tem os atributos da verdade e ninguém nunca é iludido, desde que nunca tenha sido desanimado.

A ponta do cortejo tinha entrado já no cemitério. Os três palestrantes diminuíram o passo.

– Monsieur Bergeret, se, como eu – disse o doutor –, visitasse cada manhã um meio quarteirão de enfermos, compreenderia, como eu, o poder dos padres. O senhor mesmo não se surpreende, às vezes, se não admitindo, pelo menos desejando a imortalidade?

– Doutor – respondeu monsieur Bergeret –, penso, a esse respeito, como a senhora Dupont-Delagneau. Essa senhora era uma velha forte quando meu pai também era forte e jovem. Estimava-o muito e conversava com ele por prazer. Por sua causa, tocava no século XVIII. Recolhi, de sua própria voz, algumas de suas ideias, entre outras, esta: como estivesse doente, no campo, seu cura fora vê-la, falando-lhe da vida futura. Ela respondeu com desdém que desconfiava do outro mundo. "O senhor assegura-me", disse, "que quem o criou seja o mesmo que criou este mundo. Sei muito bem como ele trabalha." Ainda bem, doutor, que tenho no mínimo a desconfiança que tinha a senhora Dupont-Delagneau.

– Mas nunca sonhou – disse o doutor – com a imortalidade pela ciência, a imortalidade nos astros?

– Volto – retrucou monsieur Bergeret – ao pensamento da senhora Dupont-Delagneau. Teria receio de que o sistema de Altair ou de Aldebarã se assemelhasse ao sistema solar, e que não valesse a pena mudar. Quanto a renascer nesta bola, aqui, muitíssimo obrigado, doutor!

– Não, realmente – perguntou o doutor –, não deseja, como a senhora Péchin, ser imortal de uma forma ou de outra?

– Pensando bem – respondeu monsieur Bergeret –, contento-me em ser eterno! E sou, na essência. Quanto à consciência que desfruto, é um acidente, doutor, um fenômeno de um minuto, como a bolha que se forma à flor da água.

– De acordo. Mas é preciso não falar – replicou o doutor.

– Por quê? – inquiriu monsieur Bergeret.

– Porque essas doutrinas não são apropriadas para o grande número e é preciso falar como todo mundo, se não se quer pensar do mesmo jeito. É a comunidade de crenças que faz povos fortes.

– A verdade – argumentou monsieur Bergeret – é que os homens, animados de fé comum, não encontram nada mais urgente do que o extermínio daqueles que pensam de outro modo, sobretudo quando a diferença de ponto de vista é pequena.

– Vamos ouvir três discursos – disse o senhor Mazure.

O senhor Mazure enganava-se. Foram pronunciados cinco discursos, dos quais ninguém percebeu coisa alguma. Gritos de *Viva o Exército!* explodiram à passagem do general Cartier de Chalmot. O senhor Leterrier e monsieur Bergeret foram perseguidos pelos apupos da juventude nacionalista.

9

Numa noite úmida de maio, as damas de Brécé, no grande salão, tricotavam roupinhas para as crianças pobres. A velha senhora de Courtrai, de pé, encostada na chaminé, arregaçando a saia, aquecia as pernas. O senhor de Brécé, o general Cartier de Chalmot e o senhor Lerond conversavam enquanto não jogavam *whist.**

---

*Jogo de cartas muito difundido nos séculos XVIII e XIX, ancestral do *bridge.* (*N. do E.*)

O senhor de Brécé abriu um jornal da véspera, que rolava na mesa.

– As hostilidades não foram ainda iniciadas seriamente – disse – entre a Espanha e a América... Quais as suas previsões sobre o êxito da guerra, general? Gostaria de conhecer, a propósito, a opinião de um militar eminente como o senhor.

– Seria, sem dúvida – disse o senhor Lerond –, uma felicidade para nós conhecermos sua opinião, general, sobre o estado das forças que se vão medir nas Antilhas e nos mares da China...

O general Cartier de Chalmot passou a mão na fronte, abriu a boca muito antes de falar, e disse com autoridade:

– Declarando guerra à Espanha, os americanos cometeram uma imprudência que poderá custar-lhes bem caro. Não dispondo nem de exército terrestre nem de frota naval, será difícil para eles manter a luta contra um exército aguerrido e marinheiros experimentados. Eles têm foguistas e mecânicos, mas foguistas e mecânicos não constituem frota de guerra.

– Acredita, general, no êxito dos espanhóis? – perguntou o senhor Lerond.

– Em princípio – respondeu o general –, o êxito de uma campanha depende de circunstâncias impossíveis de prever; mas podemos antecipadamente, e desde logo, verificar que os americanos não se acham preparados para a guerra. A guerra exige uma longa preparação.

– Vejamos! General – exclamou a senhora de Courtrai –, diga-nos logo que esses bandidos americanos serão vencidos.

– O êxito deles é problemático – disse o general. – Direi mesmo que seria paradoxal e que todo o sistema conhecido nas nações essencialmente militares sofreria insolente desmentido se ocorresse o contrário. Com efeito, a vitória dos Estados Unidos seria a crítica em ação dos princípios adotados, em toda a Europa, pelas autoridades militares mais competentes. Tal resultado não é previsível nem desejável.

– Que felicidade! – exclamou a senhora de Courtrai, batendo com as mãos ossudas nas coxas e sacudindo, como uma carapuça ouriçada, sua rude cabeleira grisalha. – Que felicidade! Nossos amigos espanhóis serão vitoriosos! Viva o rei!

– General – disse o senhor Lerond –, dou às suas palavras a maior atenção. O êxito militar de nossos vizinhos será acolhido muito favoravelmente na França; e quem sabe se ele não determinará, entre nós, um movimento monarquista e religioso?

– Permita-me – disse o general –, não quero antecipar nada. O triunfo de uma campanha depende, repito, de circunstâncias impossíveis de prever. Limito-me a avaliar a qualidade dos elementos conhecidos. E desse ponto de vista, a vantagem pertence incontestavelmente à Espanha, se bem que ela não disponha de número suficientemente grande de unidades navais.

– Certos sintomas – interveio o senhor de Brécé – pareceriam indicar que os americanos começam a arrepender-se da temeridade. Afirma-se que eles se acham alarmados. Aguardam, a cada manhã, o surgimento dos couraçados espanhóis nas costas do Atlântico. Os habitantes de Boston, de Nova York e da Filadélfia fogem em massa para o interior do país. É um pânico geral.

– Viva o rei! – gritou com alegria feroz a senhora de Courtrai.

– E a jovem Honorina – perguntou o senhor Lerond –, continua sempre favorecida por Nossa Senhora das Belas Folhas?

A duquesa decana de Brécé respondeu, embaraçada:

– Sempre.

– Seria de desejar – replicou o antigo substituto – que se formulasse o processo verbal dos depoimentos dessa menina, relativamente a tudo quanto ela vê e ouve nos seus êxtases.

Nenhuma resposta foi dada a esse desejo, pela simples razão de que, tendo pretendido um dia anotar a lápis as palavras atribuídas por Honorina à Santa Virgem, a senhora João tinha logo parado de escrever: a menina empregava palavras feias. De resto, o cura Traviès, que se metia todas as noites na perseguição dos coelhos, no bosque de Lénonville, aí surpreendera, muitas vezes, Isidoro e Honorina deitados juntos, num leito de folhas secas, pelo que desconfiou ainda que essas crianças fizessem o ano inteiro o que ao redor os animais faziam numa única época. O padre Traviès tinha um pouco de caçador furtivo. Mas não pecava nem pelos costumes nem contra a doutrina. Deduzira, de suas observações repetidas, que não era absolutamente crível que a Santa Virgem aparecesse a Honorina.

Abriu-se com as senhoras do castelo, que ficaram, se não convencidas, pelo menos perturbadas. Desse modo, quando o senhor Lerond pediu detalhes precisos sobre os últimos êxtases, elas desconversaram.

– Se quer notícias de Lourdes – disse a velha duquesa –, nós temos.

– Meu sobrinho – explicou o senhor de Brécé – escreveu-me que os milagres se operavam abundantemente na gruta.

– Ouvi dizer o mesmo por um dos meus oficiais – respondeu o general. – É um rapaz de mérito, que voltou maravilhado com o que viu em Lourdes.

– Sabia, general – disse o senhor de Brécé –, que os médicos ligados à piscina atestaram as curas milagrosas?

– Não temos necessidade da opinião dos sábios para acreditar nos milagres – disse a senhora João, com um sorriso puro. – Tenho mais confiança na Santa Virgem do que nos médicos.

Depois, falou-se no caso Dreyfus. Todos se admiravam de que o sindicato da traição ostentasse uma audácia impune. O senhor de Brécé exprimiu com grande ênfase este conceito: "Quando dois conselhos de guerra se manifestaram, não pôde subsistir a mínima dúvida."

– Saibam – interveio a senhora João – que a senhora Deniseau, a vidente da comarca, ouviu da boca de Santa Radegunde que Zola se naturalizaria italiano, não voltando mais à França.

Essa profecia foi acolhida com agrado.

Um criado trouxe a correspondência.

– Talvez tenhamos notícias da guerra – disse o senhor de Brécé, desdobrando o jornal.

E no grande silêncio, em voz alta:

– "O comodoro Deweu destruiu a frota espanhola no porto de Manilha. Os americanos não perderam um único homem."

Esse telegrama causou grande abatimento no salão. Apenas a senhora de Courtrai, mantendo uma atitude segura, exclamou:

– Não é verdade!

– O despacho – objetou o senhor Lerond – é de fonte americana.

– Sim – disse o senhor de Brécé. – É preciso desconfiar das notícias falsas.

Cada um imitou-lhe a prudência. No entanto, essa súbita visão entristecera as almas, a visão de uma frota, abençoada pelo papa, com o pavilhão do rei católico flutuando, levando à testa dos navios o nome da Virgem e dos santos, desamparada, fracassada, posta a pique pelos canhões desses traficantes de porcos, desses fabricantes de máquinas de costura, hereges, sem reis, sem príncipes, sem passado, sem pátria, sem Exército.

10

Monsieur Bergeret inquietava-se com o estado de seus negócios, temendo cair na penúria, quando recebeu o aviso de que fora nomeado professor titular.

Essa nomeação chegou-lhe um dia, na sua nova residência da Place Saint-Exupère, no momento em que menos a esperava. Sentira uma alegria maior do que pareciam permitir seus progressos na ataraxia. Concebeu esperanças vagas e lisonjeiras e estava sorridente quando, à noite, o senhor Goubin, seu discípulo preferido depois da traição do senhor Roux, veio procurá-lo na sua casa, para acompanhá-lo, segundo o costume, ao Café de la Comédie.

A noite estava fulgurante de estrelas. Monsieur Bergeret, pisando as calçadas ásperas da rua, contemplava o céu. E como era interessado em astronomia, mostrou ao senhor Goubin, com a ponta da bengala, uma bela estrela vermelha, no grupo dos Gêmeos.

– É Marte – disse. – Gostaria muito de dispor de um bom telescópio para ver os habitantes desse planeta e seus feitos.

– Mas, caro mestre – replicou o senhor Goubin –, não me disse, há pouco tempo, que o planeta Marte não era povoado, que os universos celestiais eram inabitados e que a vida, ao menos como a concebemos, deveria ser moléstia peculiar ao nosso planeta, um mofo espalhado na face do nosso mundo deteriorado?

– Disse-lhe isso? – perguntou monsieur Bergeret.

– Creio que me disse, caro mestre – replicou o senhor Goubin.

Não se enganara. Monsieur Bergeret, depois da traição do senhor Roux, dissera expressamente que a vida orgânica era um mofo, que roía a face do nosso mundo enfermo. E acrescentara que esperava, para glória dos céus, que a vida se operasse normalmente, em universos remotos, sob as formas geométricas da cristalização. "Sem o que", acrescentara, "não teria prazer algum ao contemplar o céu estrelado das noites". Mas tinha agora opinião contrária.

– O senhor surpreende-me – disse ele ao senhor Goubin. – Temos alguma razão para supor que todos esses sóis que vemos brilhar no céu iluminem e aqueçam a vida e o pensamento. A vida, mesmo na Terra, toma, às vezes, formas agradáveis, e o pensamento é divino. Eu teria curiosidade de conhecer essa irmã da Terra, que nada no éter contra o Sol. É nossa vizinha, somos dela separados apenas por 14 milhões de léguas, o que constitui pequeníssima distância celeste. Gostaria de saber se, no planeta Marte, os corpos vivos são mais belos do que na Terra e os espíritos, mais amplos.

– É o que jamais saberemos – disse o senhor Goubin, limpando o vidro dos óculos.

– Pelo menos – replicou monsieur Bergeret –, os astrônomos estudaram a configuração que apresenta, nos poderosos telescópios, esse planeta vermelho; e suas observações concordam em reconhecer aí numerosos canais. Ora, o conjunto de hipóteses que se apoiam umas nas outras para constituírem o feixe de um grande sistema cósmico nos conduz a acreditar que esse planeta vizinho é nosso irmão mais velho; desde então, podemos pensar que seus habitantes são, pelo benefício da idade, mais sábios do que nós. Esses canais dão, aos vastos continentes que atravessam, o aspecto da Lombardia. Em verdade, não vemos nem água nem margens, apenas a vegetação que os ladeia e que se mostra ao observador como uma linha fraca, difusa e, segundo a estação, mais pálida e sombria. Eles encontram-se, sobretudo, na linha do equador. Damos-lhes os nomes terrestres de Ganges, Euripo, Fison, Nilo e Orcos. São canais de irrigação, como aqueles em que Leonardo da Vinci trabalhava, dizem, com o talento de excelente engenheiro. Seu percurso, sempre reto, as bacias circulares onde deságuam, indicam que são obras de arte e resultado de um pensamento geométrico. A natureza também é geométrica, mas não desse modo. O canal marciano que denominamos Orco é uma incomparável maravilha: atravessa pequenos lagos redondos, separados uns dos outros por distâncias iguais, o que lhes dá o aspecto de um rosário. Não duvidemos: os canais de Marte foram abertos por indivíduos inteligentes.

Desse modo, monsieur Bergeret povoava o universo de formas sedutoras e de pensamentos sublimes. Preenchia o vazio dos abismos do céu, porque acabava de ser nomeado professor titular. Era cheio de sabedoria, mas era homem.

Encontrou, ao entrar em casa, a seguinte carta:

Milão, em...

O senhor confiou demais no meu saber. Tenho pena de não poder satisfazer a curiosidade que se lhe acendeu no espírito, segundo me diz, durante os funerais do senhor Cassignol.

Minha atenção não se demorou nos velhos cantos litúrgicos, senão quando se ligavam, de uma maneira ou de outra, à literatura dantesca, e nada lhe posso dizer, em relação à prosa dos mortos, que o senhor já não saiba.

A mais antiga menção que se encontra desse poema é feita por Bartolomeu Pisano, antes de 1401. Maroni atribui o *Dies irae* a Frangipani Malabranca Orsini, cardeal em 1278. Wadding, biógrafo da ordem seráfica, atribui essa obra a frei Tomaso da Celano, *qui floruit sub anno* 1250. Essas atribuições são, uma e outra, destituídas de qualquer prova. É pouco provável que essa peça tenha sido composta, no século XII, na Itália.

O mau texto do missal romano foi ainda danificado no século XVII. Uma mesa de mármore conservada na igreja de San Francisco, em Mântua, oferece um estado mais antigo e menos defeituoso do poema. Se desejar, mando-lhe copiar o *Marmor mantuanum*. Isso me dará prazer, podendo dispor de mim tanto para este como para todos os casos. Não conheço nada mais agradável no mundo do que servir-lhe.

Em troca, faça-me, por obséquio, o grande serviço de copiar-me uma carta de Mabillon, conservada na biblioteca da sua cidade, fundo Joliette, coletânea B, número 3715, fólio 70. A passagem dessa carta que particularmente me interessa é relativa aos *Anecdota*, de Muratori. Eu a terei como mais preciosa se a receber por seu intermédio.

Devo dizer-lhe, a propósito, que Muratori não acreditava em Deus. Tive sempre vontade de escrever um livro sobre os teólogos ateus, cujo número é considerável. Desculpe-me o aborrecimento que suportará por mim na biblioteca da cidade; espero que seja recompensado com o encontro da ninfa porteira, de cabelos de ouro, que ouve, com orelhas purpurinas, as frases amorosas, balançando, na ponta dos dedos, as chaves pesadas dos seus antigos tesouros. Essa ninfa lembra-me que já passei da idade de amar e que é tempo de cultivar vícios seletos. A vida seria realmente tristíssima se o enxame cor-de-rosa dos pensamentos brejeiros não viesse, às vezes, consolar a velhice das pessoas de bem. Posso comunicar essa sabedoria a um raro espírito como o seu, capaz de compreendê-la.

Se vier a Florença, eu o levarei a ver a musa que guarda a casa de Dante, e que vale bem sua ninfa. Haverá de lhe admirar os cabelos ruivos, os olhos negros, o busto cheio, e há de lhe considerar o nariz uma maravilha. Este é de tamanho médio, reto, fino e com narinas palpitantes. Menciono-o porque, como não ignora, a natureza raramente acerta com o nariz, e por sua imperícia em construí-lo estraga, às vezes, belas fisionomias.

A carta de Mabillon que lhe peço que copie começa com estas palavras: Nem as fadigas da idade, meu senhor... Desculpe-me as importunações e aceite, caro senhor, os sentimentos de sincera estima a viva simpatia com os quais sou todo seu.

Carlos Aspertini

P.S. – Por que os franceses se obstinam a não reconhecer o erro judiciário que não merece mais dúvidas e que lhes seria fácil de corrigir, sem danos para ninguém? Procuro os motivos de sua conduta sem conseguir descobri-los. Todos os meus compatriotas, toda a Europa e o mundo inteiro compartilham a minha surpresa. Estou curioso de conhecer sua opinião acerca desse espantoso caso.

C. A.

11

O quarteirão, na clara manhã, estava cheio do movimento dos faxineiros, que varriam o calçamento ou escovavam os cavalos. Ao fundo do pátio, trajando uma blusa suja e calça de tecido grosso, o soldado Bonmont, em companhia dos soldados Cocot e Briqueballe, em pé, diante de uma vasilha cheia de água, descascava batatas. De tempos em tempos uma esquadra, conduzida por um suboficial, surgia numa escada, espalhando, à passagem, a invencível alegria dos jovens. Mas o que havia de mais expressivo nesses homens instruídos para marchar era o passo, um passo lerdo e laborioso, uma esmagadora e sonora marcha. A todo momento, também, livros de registro, pequenos e grandes, diversos, numerosos, passavam nos braços de furriéis importantes. Os soldados Bonmont, Cocot e Briqueballe descascavam batatas, atirando-as na vasilha. Enquanto isso, trocavam algumas palavras e exprimiam, em termos muito grosseiros, pensamentos muito inocentes. O soldado Bonmont meditava.

Diante dele, para lá das grades que separavam o pátio da caserna monumental, estendia-se um círculo de colinas cujas *villas* brancas brilhavam ao sol da manhã, em meio aos ramos violeta das árvores. Atrizes e moças escondiam-se ali, trazidas pelo soldado Bonmont. Uma nuvem de mulheres galantes, *bookmakers*, jornalistas esportivos e militares, vendedores de cavalos, atravessadores e velhacos tinham se instalado em torno da caserna onde o rico soldado de infantaria prestava serviço. Descascando batatas, ele poderia se orgulhar de ter reunido, tão longe de Paris, uma sociedade tão parisiense. Mas tinha o hábito da vida, a experiência dos homens, e essa glória não era lisonjeira.

Ele era lerdo e desconfiado. Só tinha uma ambição: conquistar o botão de Brécé. Desejava-o com violência hereditária, com essa força que o grande barão tinha revelado na conquista das coisas, dos corpos e das almas, mas, decerto, sem a clara e profunda inteligência, o gênio de seu grande pai. Ele se sentia inferior à própria fortuna; sofria com isso, tornando-se pérfido.

Pensava: "Eles só concedem o botão a duques e pares. Mas Brécé está cheio de americanas e judias. Devo valer por todas elas."

Arremessou violentamente na vasilha sua batata descascada. O soldado Cocot, soltando pesado impropério, com uma risada, exclamou:

– Eis que ele entorna agora o caldo, sorte miserável!

E Briqueballe divertiu-se com essa brincadeira, porque tinha alma simples e pertencia à classe. Alegrava-se de rever, breve, a casa de seu pai, seleiro em Cayeux.

– Esse velho Guitrel maldito nada fará por mim – conjeturava Bonmont. – Ele é forte, esse Guitrel, mais forte do que eu pensava. Propôs-me condições. Enquanto não for bispo, não falará aos seus amigos de Brécé. É um velhaco, sem dúvida alguma.

– Bonmont – disse Briqueballe –, não atire as cascas na vasilha.

– Isso não se faz – interveio Cocot.

– Não estou nem aí – respondeu Bonmont.

Assim falavam esses três homens porque eram iguais.

E Bonmont sonhava:

– Posso muito bem dispensar Guitrel. Há muitos outros que poderão obter o botão para mim. Primeiro, há Terremondre. Ele frequenta os Brécé. É de boa família, bem-pensante... mas pouco sério, Terremondre... artificial... horrivelmente artificial... sem influência. Prometerá tudo e não fará coisa alguma. Não posso, tampouco, dirigir-me ao padre cura Traviès, que faz caçadas eventuais com Rivoire. Há ainda o general Cartier de Chalmot... A este bastaria abrir a boca... Mas o velho traste não me tolera.

O soldado Bonmont conjeturava desse modo e não era sem justos motivos. O general Cartier de Chalmot detestava-o. Tinha por hábito dizer: "Se esse pequeno Bonmont estivesse sob minhas ordens, eu o faria andar direito." Quanto à senhora generala Cartier de Chalmot, esta o perseguia, com sua indignação, desde o momento em que, num baile, o ouvira pronunciar as seguintes palavras: "Fora de questões de sentimento, mamãe é de uma indiferença lamentável." O jovem Bonmont, todavia, não se enganava. Não podia esperar nenhum obséquio nem do general nem da generala.

Procurava, na memória, alguém que lhe pudesse fazer o favor recusado pelo padre Guitrel. O senhor Lerond? Era muito prudente. Jacques de Courtrai? Encontrava-se em Madagascar.

O jovem Bonmont soltou um profundo suspiro. Mas ocorreu-lhe uma ideia enquanto descascava sua última batata: "E se eu fizesse Guitrel bispo? Seria uma boa..."

No momento em que esse pensamento se formava em seu espírito, imprecações chegaram aos seus ouvidos.

– Filhos da mãe... filhos da mãe... Miséria de miséria! – gritavam juntos os soldados Briqueballe e Cocot, sob a chuva súbita de fuligem que, caindo neles, em torno deles e na vasilha, grudava-se em seus dedos úmidos e enegrecia as batatas, até então claras como bolas de marfim.

Ergueram a cabeça para descobrir a origem do mal e viram, através da chuva negra, camaradas que desmontavam no telhado de um cano longo de chaminé, que transbordava de fuligem. Ao verem isso, Cocot e Briqueballe exclamaram a uma voz:

– Ei, vocês aí em cima, vão acabar logo com isso?

Lançaram contra os camaradas do telhado todas as invectivas que podem brotar de uma alma ingênua e sincera. Injúrias inocentes, que demonstravam verdadeiro descontentamento, enchendo o pátio do quarteirão de sons prolongados, de sotaque picardo e burguinhão. Depois a fisionomia do sargento Lafille, com seu pequeno bigode, parou à borda do telhado, e uma voz acre, no silêncio súbito, soltou estas palavras:

– Vocês dois, aí embaixo, vocês vão pegar três dias... Compreenderam?

Briqueballe e Cocot ficaram arrasados, sob o golpe da fatalidade e da lei. E o soldado Bonmont, seu igual, imaginava:

– Posso bem fazer um bispo. Basta que eu fale com Huguet.

Huguet era, então, presidente do Conselho. Dirigia um Gabinete moderado que a direita sustentava. Com isso, tinha tranquilizado o capital e adquirira serenidade e confiança em si mesmo, além de orgulho. Mantinha, no Gabinete, a Pasta das Finanças, e todos o felicitavam por ter restaurado o crédito público, sacudido pelo antecessor radical.

Huguet não fora sempre esse homem de Estado. Radical e mesmo revolucionário na mocidade, sem recursos, fizera-se secretário do falecido barão de Bonmont, para quem escrevia livros e dirigia jornais. Era, a esse tempo, democrata e místico em matéria de finanças. O barão preferia-o desse modo; esse grande barão procurava conciliar as facções avançadas do Parlamento e não lhe desagradava parecer generoso e até um pouco sonhador. Chamava a isso "conquistar espaço". Fez eleger o secretário deputado por Montil. Huguet devia-lhe tudo.

E o jovem Bonmont, que de tudo sabia, dizia a si mesmo:

– Bastar que eu fale com Huguet.

Conjeturava. Mas, no íntimo, não estava seguro. É que sabia também que o senhor Huguet, presidente do Conselho, evitava cautelosamente todo encontro com o soldado Bonmont, e não gostava que se lhe recordassem os laços antigos que o uniram ao grande barão, morto na impopularidade, sob o rumor surdo do escândalo.

Para refletir à vontade, sentou-se no chão, perto da bomba. E depressa caiu em profunda meditação. Todos os personagens que julgava capaz de dispor do báculo e da mitra desfilaram em longa procissão na sua imaginação evocadora: o senhor Charlot, o senhor de Goulet, o prefeito Worms-Clavelin, a senhora Worms-Clavelin, o senhor Lacarelle, outros ainda e sempre outros. Foi arrancado do devaneio pelo soldado Juvêncio, um rábula, que fazendo funcionar a bomba lhe atirou um espirro de água ao pescoço.

– Juvêncio – perguntou-lhe gravemente Bonmont enxugando a nuca –, Loyer é ministro de quê?

– Loyer? Da Instrução Pública e dos Cultos – respondeu Juvêncio.

– É ele quem nomeia bispos?

– Sim.

– Tem certeza?

– Sim. Por quê?

– Por nada – disse Bonmont.

E exclamou, no seu íntimo:

– Encontrei meu negócio... a senhora de Gromance...

12

Essa noite o senhor Leterrier veio visitar monsieur Bergeret.

Ao som da campainha, Riquet saltou da poltrona, que dividia com seu senhor, e ladrou terrivelmente, fitando a porta. E quando o senhor Leterrier entrou no gabinete de trabalho o cão acolheu-o com rosnados hostis. Essa fisionomia grave de barba grisalha, não lhe era familiar.

– Também você? – murmurou meigamente o reitor.

– Desculpe-me – disse monsieur Bergeret. – Ele é doméstico. Quando os homens, instruindo-lhe a raça, formaram o caráter que ele herdou, acreditavam eles próprios que o estranho era um inimigo. Não ensinavam aos cães, de modo algum, a caridade do gênero humano. As ideias de fraternidade universal não penetraram na alma de Riquet. Ele representa um estado antigo das sociedades.

– Um antiquíssimo estado – disse o reitor. – Pois é certo que hoje vivemos em paz uns com os outros, na concórdia e na justiça!

O reitor falava assim com ironia. Não era do seu feitio, mas, desde algum tempo, tinha pensamentos e palavras novas.

Entretanto, Riquet continuava latindo e rosnando. Esforçava-se visivelmente para deter o estranho com o olhar e a voz. Mas recuava à medida que o adversário avançava. Guardava fielmente a casa; mas era prudente.

Impaciente, o dono levantou-o pela pele do pescoço e deu-lhe dois ou três piparotes no focinho.

Riquet cessou subitamente de ladrar, agitou-se gentilmente e esticou a língua em voluta para lamber a mão que o castigava. Seus lindos olhos estavam agora cheios de tristeza e meiguice.

– Pobre Riquet! – suspirou o senhor Leterrier. – Aí está a paga de um zelo tão bonito!

– É preciso penetrar-lhe as ideias – disse monsieur Bergeret, empurrando-o para trás da poltrona. – Ele sabe que fez mal, acolhendo-o desse modo. Riquet só conhece uma espécie de mal, o sofrimento, e uma espécie de bem, a ausência do sofrimento. Identifica o crime e o castigo de tal maneira que, para ele, uma ação má é aquela pela qual somos castigados. Quando, por descuido, piso-lhe a pata, ele se reconhece culpado, pedindo-me perdão. O justo e o injusto não lhe embaraçam nada a infalível sabedoria.

– Essa filosofia suprime-lhe as angústias que suportamos hoje – disse o senhor Leterrier.

Desde que assinara o protesto dito dos "Intelectuais", o senhor Leterrier vivia no espanto. Expusera suas razões numa carta aos jornais da região. Não compreendia as dos contraditores, que consistiam em chamá-lo judeu, prussiano, intelectual e vendido. Estava surpreso, também, de que Eusébio Boulet, redator do *Farol*, o acusasse, a cada manhã, de mau cidadão e inimigo do Exército.

– Acredita – exclamava – que tiveram a coragem de publicar no *Farol* que ultrajei o Exército? Ultrajar o Exército, eu, que tenho um filho nas fileiras!

Os dois professores falaram longamente do *Affaire*. E o senhor Leterrier, que tinha uma alma límpida, disse ainda:

– Não concebo por que misturam, nesse caso, considerações políticas e paixões partidárias. Ele é superior a tudo isso, pois que é uma questão moral.

– Sem dúvida – respondeu monsieur Bergeret –, mas o senhor não ficaria tão surpreso assim se pensasse que a multidão tem paixões violentas e simples, que é inacessível ao raciocínio, que poucos homens sabem conduzir o espírito em buscas difíceis, e que, para descobrir a verdade, nesse caso, precisamos de atenção perseverante, firmeza de inteligência, o hábito de examinar os fatos com método e alguma sagacidade. Essas vantagens e a satisfação de defender a verdade valem bem que as resgatemos, suportando injúrias desprezíveis.

– Quando acabará tudo isso? – perguntou o senhor Leterrier.

– Dentro de seis meses ou de vinte anos, ou nunca – respondeu monsieur Bergeret.

– Onde se deterão? – inquiriu o senhor Leterrier. – *Scelere velandum est scelus.* Não posso mais, meu amigo, não posso mais!

Dizia a verdade. Sua forte máquina de animal moral estava desconjuntada. Sentia febre e dores hepáticas.

Pela centésima vez expôs as provas que reunira com a maior prudência de espírito e todo o zelo de coração. Estabelecera as causas dos erros, que então se mostravam através de tantos véus acumulados. E, ciente de sua razão, perguntou com energia:

– Que é que se poderá responder a tudo isso?

A essa altura da conversa os dois professores ouviram um grande rumor que subia da praça.

Riquet levantou a cabeça, olhando em torno com impaciência.

– Que há ainda? – perguntou o senhor Leterrier.

– Não é nada – disse monsieur Bergeret. – É Pecus.

Era, com efeito, um bando de cidadãos, que gritavam.

– Parece que gritam: "Infame Leterrier!" – disse o reitor. – Acho que denunciaram minha presença aqui.

– Acredito que sim – disse monsieur Bergeret. – Penso que vão gritar em seguida: "Infame Bergeret!" Pecus é alimentado por velhas mentiras. Sua capacidade de erro é considerável. Sentindo-se incapaz de dissipar pela razão os preconceitos hereditários, conserva prudentemente as fábulas que lhe legaram os antepassados. Essa espécie de sabedoria o preserva de erros que seriam muito nocivos. Ele se apoia nos erros experimentados. É imitador, e o seria mais ainda se não deturpasse involuntariamente o que copia. Essas deturpações produzem o que denominamos progresso. Pecus não reflete. Também é injusto dizer que se engana. Mas tudo o ilude, e ele é infeliz. Não desconfia nunca, pois a dúvida provém da reflexão. No entanto, suas ideias mudam incessantemente. Às vezes, ele passa da estupidez à violência. Não tem nenhum requinte, pois tudo que se aprimora destaca-se logo dele e deixa de lhe pertencer. Mas ele erra, desfalece e sofre. É preciso conservar por ele uma profunda e dolorosa simpatia. Convém mesmo venerá-lo, pois é dele que brota toda a virtude, toda a beleza, toda a glória humana. Pobre Pecus!

Assim falou monsieur Bergeret. Uma pedra, lançada com força, atravessou o vidro e bateu no chão.

– É um argumento – disse o reitor apanhando a pedra.

– Tem a forma de um losango – observou monsieur Bergeret.

– Esta pedra não traz nenhuma inscrição – advertiu o catedrático.

– É pena! – disse monsieur Bergeret. – O comendador Aspertini encontrou em Módena projéteis de funda que tinham sido lançadas no ano 43 a.C. pelos soldados de Hirtius e de Pansa contra os partidários de Otávio. Esses projéteis tinham inscrições indicando os pontos que deveriam atingir. O senhor Aspertini mostrou-me um, que se destinava a Lívio. Deixo-lhe adivinhar, segundo o humor dos soldados, os termos em que a oferta foi devolvida.

Sua voz foi abafada, a essa altura, por gritos de "Infame Bergeret! Morram os judeus!", que subiam da praça.

Monsieur Bergeret tomou a pedra do reitor e colocou-a na mesa, como peso para papéis. Depois, uma vez que pôde ser ouvido, retomou o fio do discurso.

– Crueldades horríveis foram cometidas depois da derrota dos dois cônsules antonianos em Módena. Não se pode negar que, desde então, os costumes se tenham atenuado muito.

Entretanto, a multidão berrava, e Riquet respondia-lhe com heroicos latidos.

13

O jovem Bonmont, em férias de convalescença em Paris, visitava a exposição de automóveis instalada num canto do jardim das Tuilleries, ao longo do terraço dos Feuillants. Percorrendo uma das galerias laterais, reservada às peças avulsas e aos acessórios, examinava o carburador Pluton, o motor Abeille e o lubrificador Alphonse, para patamar e pontas de eixo, com um olhar plácido e uma curiosidade antecipadamente enfastiada. Respondia, aqui e ali, com um abano seco de cabeça ou de mão, aos cumprimentos que lhe dirigiam jovens tímidos e velhos obsequiosos. Pouco orgulhoso, nada triunfante, simples e mesmo um tanto vulgar, armado apenas desse ar maligno, igual e tranquilo que lhe era tão providencial no contato com os homens, procurava valer-se da pequena estatura troncuda, rechonchuda, ainda robusta, que se tornava um pouco corcunda. Tendo descido os degraus do terraço examinando as marcas pelas quais se distinguem os diversos óleos de tutano usados para limpar as caixas de *patentes*, encontrou, de passagem, uma estátua de jardim escondida sob um toldo. Tratava-se de uma obra clássica, de estilo francês: o bronze de um herói exibindo, com sua nudez plástica, a ciência do estatuário e atacando, com sua clava, um monstro, numa bela atitude acadêmica. Enganado, sem dúvida, pelo falso ar esportivo que o motivo fixava, e não lhe ocorrendo que a estátua se encontrava no jardim antes daquela feira, procurou instintivamente ligá-la ao turismo automobilístico. Supôs que o monstro, uma serpente – que, realmente, lembrava um cano –, era talvez um pneu. Mas pensou de maneira incerta e confusa. Voltando, quase em seguida, o olhar atônito, penetrou no grande espaço onde os automóveis, erguidos no *stand*, exibiam complacentemente o peso das formas canhestras e rudimentares, ainda mal-equilibradas, e pareciam tomar diante dos visitantes uma impressão importuna de suficiência e satisfação.

O jovem Bonmont não se divertia aí; não se divertia em parte alguma. Ao menos pudera respirar sem repugnância o cheiro da borracha, dos óleos espessos e das graxas quentes que enchia o espaço, e pudera contemplar, tranquilamente, os carros, carrinhos e carritos. Mas, no momento, estava absorvido por uma ideia única. Pensava nas caçadas de Brécé. O desejo de conquistar o botão enchia-lhe a alma. Herdara do pai a vontade obstinada. O ardor com que cobiçava o botão de Brécé misturava-se em suas veias às primeiras febres da tísica, queimando-o. Desejava-o com a impaciência de uma criança – pois guardara no espírito muita infantilidade –, e queria-o com a tenacidade ágil de um ambicioso que calcula – mesmo porque conhecia os homens, tendo visto muitas coisas em poucos anos.

Sabia que, para o duque de Brécé, continuava a ser, com seu francês e seu título romano, o judeu Gutenberg. Conhecia também a força dos seus milhões; sabia, neste particular, o que não aprenderão nunca os povos e seus ministros. De sorte que não tinha ilusões e não estava, de modo algum, desanimado. Compreendia claramente a situação, tendo nítida visão. A campanha antissemita tinha sido rudemente dirigida nesse departamento agrícola onde não havia judeus, em verdade, mas onde o clero era numeroso. Os acontecimentos recentes e os artigos dos jornais tinham batido muito na cabeça frágil do duque de Brécé, chefe do Partido Católico do departamento. Sem dúvida, os Bonmont pensavam como os netos de emigrados e estavam cheios de uma velha piedade vendeana; eram tão católicos quanto os Brécé. Mas o duque olhava a raça. Era simples e teimoso. O jovem Bonmont não o ignorava. Examinou a situação ainda uma vez, diante do ônibus a petróleo Dubos-Laquille, persuadindo-se de que o meio seguro de conseguir o botão era obter um báculo para o reverendo Guitrel.

– É necessário – calculava – que o promova a bispo. Isso não deve ser lá muito difícil, desde que se conheça o processo.

E falou consigo mesmo, cheio de saudades do pai:

– Papai me daria um bom conselho, se fosse vivo. Ele teria feito vários bispos, no tempo de Gambetta.

Mesmo sem capacidade para formular ideias gerais, ele refletiu, em seguida, que tudo se obtém com dinheiro no mundo. Sentiu grande confiança no êxito da empresa. E com esse pensamento, tendo erguido a cabeça, viu o jovem Gustavo Dellion parado, a quatro passos, diante de um *break* amarelo.

No mesmo instante, Dellion notou Bonmont, que fingiu não tê-lo visto esconder-se atrás da carroceria do carro. Devia a Bonmont obrigações de dinheiro e não estava nem um pouco, na ocasião, em condições de saldá-las.

Os olhos azuis do camarada causavam-lhe já engulhos no estômago. Bonmont, em regra, dirigia aos amigos que lhe deviam dinheiro um olhar e terríveis silêncios. Dellion conhecia-os. Ficou surpreso quando o garrote, como o apelidava, tendo vindo ao seu encontro no esconderijo entre o *break* amarelo e a divisória de tela, estendeu-lhe a mão, dizendo com um bom sorriso:

– Como vai a saúde?... Lindo *break*, um pouco comprido, apenas, mas bonito, não é? É o que lhe basta para Valcombe, meu caro Gustavo. Não? Aqui está um *teuf-teuf*, que rolaria lindamente bem de Valcombe a Montil.

O mecânico que estava no *stand* ao lado do carro julgou conveniente intervir e advertir ao senhor barão que o veículo poderia formar, segundo as necessidades, um *break* de seis lugares ou um *phaeton* de quatro lugares. Sentindo que estava diante de conhecedores, ele entrou em explicações técnicas:

– O motor é composto de dois cilindros horizontais: cada pistão aciona manivela calçada a 180 graus, de conformidade com a manivela vizinha...

Expôs, em bons termos, a vantagem dessa combinação. Depois, a propósito de uma dúvida de Gustavo Dellion, mostrou que o carburador era automático e que se regulava uma única vez para todos os momentos de partida.

Calou-se, e os dois rapazes permaneceram atentos e silenciosos. Por fim, Gustavo Dellion, metendo a bengala entre os raios de uma roda, comentou:

– Vê, Bonmont?, a direção é feita por um eixo angulado.

– É anatômica – disse o mecânico.

Gustavo Dellion gostava dos automóveis, mas, não, como Bonmont, com amor antecipadamente satisfeito.

Contemplava o carro que, apesar da secura da carroceria moderna, lembrava um animal, um monstro um tanto bizarro, vulgar, com um rudimento de cabeça entre dois enormes olhos, as lanternas.

– Nada feio, o *teuf-teuf* – disse baixinho o jovem Bonmont ao amigo. – Compre-o, então.

– Comprá-lo!... Pode-se fazer lá seja o que for quando se tem a infelicidade de possuir um papai? – suspirou debilmente Gustavo. – Você não imagina o que a família produz em aborrecimentos... embaraços.

E acrescentou, com fingida segurança:

– Isso me faz lembrar, aliás, meu caro Bonmont, que lhe devo uma pequena so...

Uma palma de mão cordial bateu no seu ombro, cortando-lhe a voz, e ele viu com surpresa ao seu lado um homenzinho louro, de cabeça enterrada, robusto e troncudo, meio corcunda, simples, que sorria com bondade, um homenzinho louro, com olhos azuis, de meiguice desconhecida.

– Seu bobo! – disse-lhe o homenzinho, pequeno e manso, que parecia um bisão que deixa a lã nas coivaras.

Gustavo não reconhecia mais seu Bonmont. Estava comovido e surpreso. Mas o barãozinho, tendo saltado para o volante, pôs-se a manejar o volante, sob os olhos benévolos do mecânico.

– Bonmont, você dirige? – perguntou Gustavo com deferência.

– Às vezes – respondeu o jovem Bonmont.

E, mão no volante, narrou um percurso de automóvel que fizera na Turaine, durante umas férias de convalescença de que regressara mais enfermo do que quando partira. Tinha feito 40 km por hora. Era verdade que a estrada estava seca, e bem tratada. Mas havia vacas, crianças e cavalos assustados, que poderiam causar transtornos. Era preciso ter bom golpe de vista e não deixar, sobretudo, o companheiro tocar no volante. Lembrou-se de alguns incidentes da viagem. O episódio de uma leiteira tinha-lhe deixado lembrança particularmente agradável.

– Via aproximar-se – disse – essa boa criatura que interrompia a estrada com o cavalo e a carroça. Buzino. A velha não se incomoda. Então, caio sobre ela, que não conhecia o truque. Daí ela se pôs a puxar o animal de tal modo que ele caiu num monte de pedras; a cabaça, a leiteira e os potes de leite, tudo rola. E eu passo.

O jovem Bonmont, saltando fora do *break*, conclui:

– O automóvel, apesar do barulho e da poeira, é, de qualquer modo, um meio de locomoção muito agradável. Experimente, meu caro.

"Ele até que é bem gentil!", pensou o jovem Dellion, tomado de admiração.

Seu maravilhamento chegou ao auge quando Bonmont, segurando-o pelo braço, na aleia do grande hall, disse:

– Você tem razão. Não compre essa máquina, empresto-lhe a minha. Isso não me atrapalhará nada. Devo me reapresentar; minhas férias estão expirando. Eu também, de resto... A propósito, sabe se a senhora de Gromance está em Paris?

– Creio que sim; não estou bem certo – respondeu Gustavo. – Faz algum tempo que não a vejo.

Ele pregava, desse modo, uma mentira amável, pois na véspera, às sete e dez da noite, deixara a senhora de Gromance num quarto de hotel, onde tinham tido um encontro.

Bonmont nada respondeu. E, detendo-se diante de uma placa bilíngue e indicando a proibição de fumar, fixou um olhar meditativo que lhe agravou o silêncio. Gustavo, que

 desse modo permaneceu mudo, julgou, no seu espírito,

que não era prudente romper a conversa com semelhante companheiro. E retomou:

– Mas terei, talvez, brevemente ocasião de encontrá-la... Posso mesmo, se quiser, informar-me logo...

O barãozinho olhou-o nos olhos e disse:

– Pode fazer-me esse favor?

Gustavo respondeu que sim, com a presteza de uma alma amável e a inquietação de um espírito subitamente comprometido numa empresa difícil. Era, entretanto, verdade que Gustavo podia prestar o favor a Ernesto de Bonmont. Este indicou-lhe a maneira:

– Se me quiser fazer o obséquio, meu caro Gustavo, convença a senhora de Gromance a pedir a Loyer que nomeie o padre Guitrel bispo.

E acrescentou:

– Peço-lhe como um serviço real.

A esse pedido, Gustavo só respondeu com um silêncio estúpido e olhares assombrados, não porque pensasse recusá-los mas porque não o compreendera. Foi preciso que o jovem Bonmont repetisse, duas vezes ainda, as mesmas palavras e que explicasse que Loyer, sendo ministro dos Cultos, nomeava os bispos. Usou de paciência, e Gustavo acostumou-se, pouco a pouco, com suas ideias. Conseguiu até repetir sem erro o que acabava de ouvir:

– Quer que diga à senhora de Gromance que peça a Loyer, que é ministro dos Cultos, que nomeie Guitrel bispo?

– Bispo de Tourcoing.

– Tourcoing porventura é na França?

– Seguramente.

– Ah! – fez Gustavo.

E refletiu.

Então, ao pensamento vieram-lhe objeções bastante graves e ele as apresentou, sob o risco de faltar à gentileza. O caso parecia-lhe, porém, bastante sério, e não queria comprometer-se levianamente. Com timidez e hesitação, apresentou a primeira, que era a mais geral.

– Não é pilhéria, é? – perguntou.

– Como! Pilhéria! – disse secamente Bonmont.

– Verdade? – perguntou de novo Gustavo. – Não é um laço que me está armando?

Ele fez, com grande firmeza, esta declaração:

– Do momento que é sério, pode contar comigo. Sou muito sério nas coisas sérias.

Calou-se e, durante seu silêncio, dificuldades ergueram-se, de novo, no seu espírito. Disse, com doçura e temor:

– Acredita que a senhora de Gromance conhece suficientemente o ministro para lhe pedir... isso? Porque, vou lhe dizer: ela não me fala nunca em Loyer.

– Talvez seja – respondeu o barãozinho – porque tem outros assuntos a conversar com você. Digo-lhe que ela pensa muito em Loyer; acha-o, porém, um bom velho, não de todo tonto. Conheceram-se há três anos na estrada, quando se inaugurou a estátua de Joanna d'Arc. Loyer não se preocupa senão em ser agradável à senhora de Gromance. Asseguro que ele não é de todo antipático. Quando veste o redingote novo, assume ares de um velho professor de esgrima, refugiado no campo. Ela pode procurá-lo; ele será gentil... e está claro que não lhe fará mal.

– Então – disse Gustavo – é preciso que ela lhe peça que nomeie Guitrel bispo?

– Sim.

– Bispo de onde, mesmo?

– Bispo de Tourcoing – disse o jovem Bonmont. – É melhor que eu escreva num pedaço de papel.

E apanhando numa mesinha que se achava ao alcance de sua mão o cartão da *Rainha dos Pigmeus*, escreveu, com uma pequena lapiseira de ouro: "Nomear Guitrel bispo de Tourcoing."

Gustavo pegou o cartão. Essas ideias, que lhe pareceram a princípio tão estranhas e tão bizarras, tornavam-se agora simples e naturais. Seu espírito acostumou-se com elas. E foi com o tom mais tranquilo que, metendo o cartão no bolso, disse a Bonmont:

– Guitrel, bispo de Tourcoing. Perfeitamente. Pode contar comigo.

Assim confirmava-se o juízo da senhora Dellion que, falando do filho, tinha por hábito dizer: "Gustavo não aprende com facilidade, mas guarda tudo o que aprende. Talvez seja uma vantagem."

– Fique sabendo – disse gravemente Ernesto – que Guitrel dará um bispo magnífico. Eu lhe garanto!

– Tomara – disse Gustavo –, porque...

Não concluiu o pensamento.

Entretanto, chegavam ambos à porta da saída.

– Permanecerei em Paris até o fim da semana – disse Bonmont. – Venha informar-me de tudo que fizer. Não há tempo a perder: as nomeações serão feitas por estes dias... Falaremos, de novo, sobre o *auto*.

Na plataforma flutuavam bandeiras em forma de troféus. Ele apertou a mão de Gustavo e, prendendo-a entre as suas, disse:

– Uma recomendação importantíssima, meu caro Dellion. É preciso que ninguém saiba, compreende... ninguém deve saber que foi a pedido seu que a senhora de Gromance tratou disso com Loyer. De acordo?

– De acordo – respondeu Gustavo, sacudindo com fervor a mão do amigo.

NO MESMO DIA, tendo ido fazer uma pequena visita a sua mãe, que via pouco, mas com quem mantinha boas relações, o jovem Bonmont a encontrou no seu gabinete de *toilette*, onde acabava de vestir-se.

Enquanto a criada de quarto a penteava, ela desviou os olhos do espelho e contemplando o filho comentou:

– Você não tem boa fisionomia.

Desde algum tempo, a saúde de Ernesto inquietava-a. Tinha desgostos maiores, causados por Rara, mas o filho também a preocupava.

– E você, mamãe?

– Eu vou bem.

– Estou vendo.

– Sabe que seu tio Wallstein teve um pequeno ataque?

– Não admira! Anda na farra com mulheres. Na sua idade, isso não faz bem.

– Seu tio não está velho. Tem 52 anos.

– Aos 52 não se é mais adolescente... A propósito, e os Brécé?

– Os Brécé? Que têm eles?

– Já agradeceram o cibório?

– Mandaram-me um cartão com uma palavra...

– É pouco.

– Mas, meu filho, que esperava mais?

Pôs-se de pé e, para prender no cabelo um ramo de diamantes, ergueu por cima da cabeça os braços nus, que formavam como que duas brilhantes asas da ânfora admiravelmente afunilada de seu corpo. Sob os cachos de frutas transparentes, que deixavam passar a luz elétrica, as espáduas brilhavam e, na sua brancura dourada, finas veias azuis corriam até a altura dos seios. As maçãs do rosto eram róseas de *rouge*, e os lábios, pintados. Mas a fisionomia continuava jovem de desejo e saúde. As rugas do pescoço, que trairiam o passar dos anos, perdiam-se no esplendor da carne.

O jovem Bonmont olhou-a um momento, com certa atenção, depois disse:

– Diga-me, mamãe, e se você também fosse procurar Loyer, para recomendar-lhe o padre Guitrel?

14

A senhora de Bonmont, que escolhera Raul Marcien, entre todos, e que o amava com ternura, pôde envaidecer-se da escolha durante algumas semanas e se acreditar feliz. Tinha-se operado, com efeito, uma prodigiosa mudança na ordem das coisas. Raul, até pouco tempo menosprezado ou repudiado em toda parte, rejeitado pelo regimento, renegado pelos amigos, mal com a família, expulso de seu clube, conhecido em todos os tribunais onde se acumulavam as denúncias de peculatos contra ele apresentadas, fora, subitamente, lavado de todas as nódoas e purificado de toda a mácula. Acontecimentos que começavam a ser conhecidos e que seriam brevemente esclarecidos tinham interessado o Estado na honra de Raul. Importava muito que Raul fosse puro. Publicamente ou em segredo, ministros afirmavam que a segurança, o poder, a glória da França e a paz do mundo custavam esse preço.

Sendo essa honra de utilidade pública, cada um se esforçava por instituí-la solidamente. Todos se empenhavam nisso, no governo, na magistratura, na imprensa. Os bons cidadãos trabalhavam nisso com alegria. A senhora de Bonmont, vendo o amigo tornar-se, de súbito, exemplo e modelo para os franceses, sentia um contentamento misturado com inquietação. Fora feita para os prazeres discretos e as satisfações íntimas; essa glória surpreendia-a, causando-lhe uma espécie de mal-estar. Ao pé de Raul, sentia a impressão fatigante de quem vive eternamente num elevador.

As provas de estima que ele recebia espantavam, pela quantidade e pela importância, essa simples Elisabete. Eram felicitações, lisonjeiras confirmações, certificados de boa conduta, cumprimentos, elogios. Chegavam-lhe das cidades e dos campos, de todos os corpos constituídos e de todas as sociedades nacionais. Vinham, ainda, dos pretórios, das casernas, dos arcebispados, das prefeituras, dos castelos. Jorravam das calçadas, nos dias de tumulto, ressoavam com as fanfarras dos ginastas nos desfiles. Agora, sua honra brilhava; sua honra crepitava sobre a nação inteira como, em noite de festa, uma cruz de honra imensa. No Palácio da Justiça, no Moulin Rouge, ele atravessava a multidão em meio a aclamações. E os príncipes imploravam o favor de apertar sua mão.

Raul, entretanto, não estava tranquilo. No apertado sótão forrado de azul-celeste que abrigava seus amores com a senhora de Bonmont, continuava sombrio e violento. Ali se ocultava enquanto em sua honra os louvores lhe subiam aos ouvidos, nos rumores da cidade; então, quando não podia ouvir nem as rodas de um ônibus sacudir as paredes nem a buzina de um carro rasgar o espaço sem dizer consigo, razoavelmente, que rolavam no momento pela rua sustentáculos e garantias de sua honra, ficava mergulhado em pensamentos amargos e negros; nutria intuitos funestos. Fechando o cenho e rangendo os dentes, murmurava imprecações; mastigava, como o marujo mastiga sua corda, terríveis ameaças: "Bando de patifes, crápulas! Hei de lhes rasgar o ventre!..." Por incrível que pareça, ele não ouvia as aclamações de um povo inteiro, e seus raros acusadores que deviam lhe parecer dispersos, destruídos, reduzidos a pó, só ele os via de pé, ameaçadores, diante dos olhos. E o pavor à vista deles dilatava-lhe as pupilas amarelas.

Sua fúria consternava a terna senhora de Bonmont que, dos seus lábios, nos quais buscava beijos e palavras de amor, não ouvia sair senão gritos roucos de ódio e vingança. Ela estava ainda mais surpresa e perturbada porque as ameaças de morte que o amante formulava se dirigiam tanto aos amigos quanto aos inimigos. Pois, quando falava em estripar, Raul não se preocupava em distinguir sutilmente seus defensores e seus adversários. Seu pensamento, mais vasto, abraçava a pátria e o gênero humano.

Passava, a cada dia, longas horas passeando, como os leões na jaula e as panteras, nas duas pequenas peças que a senhora de Bonmont mandara forrar de seda azul e guarnecer de fundas poltronas, com outra expectativa. Ele caminhava em grandes passadas, murmurando:

– Hei de lhes rasgar o ventre!

Ela, entretanto, sentada num canto da poltrona, acompanhava-o com o olhar, ouvindo suas palavras com inquietação. Não porque os sentimentos por elas expressos lhe parecessem indignos do homem amado: submissa ao instinto, dócil à natureza, admirava o vigor sob todas as formas e se envaidecia com a vaga esperança de que um homem capaz de tanta carnificina seria capaz, em outro momento, de beijos extraordinários. E no canto da poltrona azul, os olhos semicerrados, o peito um pouco arfante, esperava que Raul mudasse de humor.

Esperava em vão. Os mesmos urros faziam-na estremecer.

– É preciso que eu arrebente um!

Às vezes, timidamente, ela tentava apaziguá-lo. Com a voz grave, dizia-lhe:

– Mas se te fazem justiça, meu amigo!... Pois todo mundo reconhece que és um homem de honra!...

Se o pequeno Davi, magro e escuro, com sua harpa de pastor, com um som mais frágil do que o grito da cigarra, acalmava o furor de Saul, menos feliz, Elisabete oferecia inutilmente a Raul o esquecimento dos males nos seus suspiros de cantora vienense e nas rugas de sua carne, branca e rosa. Sem ousar encará-lo, ousava dizer-lhe ainda:

– Não te compreendo, meu amigo. Se confundiste teus caluniadores, se esse bom general te beijou em plena rua, se os ministros...

Ela não podia dizer mais.

Ele explodiu:

– Fale-me desses palhaços. Eles só procuram meio de me abandonar. Gostariam de ver-me a 100 pés do solo, no fundo da terra. Depois de tudo o que fiz por eles! Mas eles que se cuidem! Reclamarei e comerei o meu bocado.

E voltava ao pensamento, entre todos o escolhido e o mais caro:

– É preciso que eu estoure um!

E confessava seu sonho:

– Queria estar numa grande sala de mármore branco, repleta de gente, e bater com um bom cacete, bater durante dias e noites a fio, bater até que o chão estivesse vermelho, as paredes vermelhas, o teto vermelho!

Ela não respondia, olhando em silêncio; no corpete, o pequeno ramalhete de violetas que lhe havia comprado e não ousava oferecer-lhe.

Não lhe daria mais seu amor. Estava tudo acabado. O homem mais cruel teria tido piedade vendo essa criatura bela e meiga, esse corpo opulento, essa carne leitosa e rósea, essa ampla flor opulenta e cálida, tão esplêndida, largada, esquecida, abandonada sem cuidados nem zelo de cultivo.

Ela sofria. E como era piedosa, procurou na religião remédio para o sofrimento. Pensou que um encontro com o padre Guitrel faria enorme bem a Raul; resolveu colocá-lo em sua casa, na presença do padre.

15

Felipe Dellion, antes de se vestir, puxou a cortina da janela e viu passar, na sombra salpicada de luzes da rua agitada, as lanternas dos veículos. Seu olhar divertiu-se um momento: havia duas horas, estava nesse quarto, separado do mundo exterior.

– Que é que está olhando, meu querido? – perguntou, do fundo aberto do leito, a senhora de Gromance, arrumando os cabelos desalinhados. – Dê-nos um pouco de luz. Não se vê nada.

Ele acendeu as velas, que estavam em cima da chaminé, nos pequenos candelabros de metal, ao lado de um relógio dourado com motivo campestre. Uma doce luz refletiu no espelho do armário e reluziu a cornija de jacarandá. Clarões palpitavam pelo quarto, na roupa de cama e nos trajes espalhados, e desfaleciam molemente nas pregas das cortinas.

Era um quarto de um hotel decentíssimo, situado numa rua do boulevard des Capucines. A senhora de Gromance tinha-o escolhido com sabedoria, menosprezando os arranjos menos sutis de Felipe Dellion, que havia alugado, para recebê-la, um exíguo porão da solitária avenue Kléber. Ela achava que uma mulher, quando tem casos que não interessam ao mundo, devia decidi-los no coração tumultuoso de

Paris, num hotel de boa aparência, frequentado por viajantes de toda ordem, raças estrangeiras e diversas. Não passava mais de dois meses por ano em Paris, vinha e aí via Felipe com uma facilidade que não encontravam, de modo algum, na província.

Ela sentou-se à beira da cama, oferecendo à luz cariciosa sua cabeleira loura e leve, a carne leitosa das espáduas e o belo peito um pouco esquivo. Disse:

– Estou certa de que vou me atrasar. Diga-me a hora, meu querido, mas não se engane. É sério.

Ele respondeu, num tom bastante constrangido:

– Por que me chama sempre "meu querido"?... São seis e dez...

– Seis e dez, está certo disso?... Chamo-lhe meu querido por amizade... Como quer que o chame?

– Chamo-lhe Clotilde. Podia chamar-me, algumas vezes, Felipe.

– Não tenho costume de usar os nomes.

Ele tornou-se amargo:

– Então, é diferente! Como não tenho a pretensão de lhe transtornar os hábitos...

Ela apanhou as meias no tapete, o torso estendido, como uma gata que agarra um camundongo:

– Que quer? Não me veio a ideia de empregar seu nome de batismo, como faço quando falo com meu marido, com meu irmão, com meus primos.

Ele respondeu:

– Está bem! está bem! Tratarei de me conformar com o hábito.

– Que hábito?

Ela foi, pisando com os calcanhares, de combinação, as meias na mão, dar-lhe um beijo no pescoço.

Ele não era arguto, mas era desconfiado. Alimentava uma inquietação no espírito: supunha que a senhora de Gromance evitava os nomes próprios, ao fazer amor, por medo de confundi-los num momento de perturbação, pois ela era sensível.

Não se pode dizer que tinha ciúmes, mas apenas amor-próprio. Se viesse a saber que a senhora de Gromance o enganava, sofreria por vaidade. De outro lado, só desejava essa linda criatura porque a supunha desejada por outros. Não estava muito seguro da necessidade de ser amante da senhora de Gromance. Uma senhora da sociedade, isto já não era muito indicado! Seus amigos não adotavam isso. Preferiam um automóvel. Ela agradava-lhe. Gostaria de ser seu amante, se fosse moda. Mas, se isso não era comum, não compreendia por que se obstinar sozinho em semelhante coisa. O instinto profundo de homem e o senso mundano não se encontravam nele muito de acordo. Além de tudo, não tinha espírito capaz de conciliar essas antinomias. Daí haver, nas suas palavras, alguma coisa de imperfeito e indeterminado, que entretanto não desagradava à senhora de Gromance, pouco preocupada em dar explicações e fixar uma situação nítida. Essa encantadora senhora dizia-lhe, por necessidade: "Nunca pertenci senão a ti!", mas era menos no empenho de persuadir que no de falar bem, empregando linguagem conveniente nas circunstâncias. Nesses momentos, que era justo quando ele menos refletia, as enormes dificuldades que a crença em semelhante afirmação comportavam não lhe feriam a atenção. As dúvidas vinham-lhe depois, pelo raciocínio.

Ele exprimia-as por palavras irônicas e cruéis. Praticava a arte de manter o pensamento num vago inquietamento. Dessa vez fora menos desagradável que de costume, mediocremente amargo, deixando transparecer pouco ciúme e desconfiança. Só demonstrou o mau humor estritamente natural, que todos têm, logo depois de satisfeito o prazer. A senhora de Gromance devia esperar justamente os mais negros acessos de rancor e de malevolência. Nesse dia, com efeito, por esforço e meiguice, inspiração natural e ciência profunda, tinha conseguido dele as atitudes amorosas mais liberalmente do que de ordinário as concedia, por princípio. Fizera-o sair da moderação. E isso ele não desculpava facilmente, cauteloso com a saúde e preocupado em se manter em forma para os exercícios esportivos. Cada vez que a senhora de Gromance o arrastava para fora da justa medida, vingava-se, logo depois, com palavras malignas e com um silêncio ainda pior. Ela não se importava, porque amava o amor, e a experiência lhe ensinara que todos os homens são desagradáveis, uma vez saciados. Aguardava pois, sem emoção, censuras que sabia justas. Sua expectativa falhou. Felipe exprimiu tranquilamente este pensamento, que denunciava uma alma serena e impassível:

– Meu camiseiro é um animal.

Enquanto isso, ajustava o traje minuciosamente diante do espelho, volvendo no espírito pensamentos profundos. Depois de alguns segundos de recolhimento, perguntou, num tom que nada tinha de ácido:

– Você conhece Loyer, não?

Ela, muito clara, a carne límpida e fresca, na ampla poltrona de veludo escuro, abotoava os sapatos. Os cabelos, cheios de luz, nua na combinação amarrotada, inclinava a cabeça e o peito sobre as pernas cruzadas; sob o pouco de roupa que aparecia, com esse encolhimento pitoresco, parecia uma figura alegórica de algum teto veneziano. Felipe não se lembrou dessa semelhança. Repetiu a pergunta:

 – Conhece Loyer?

Ela ergueu a cabeça e, mantendo o abotoador suspenso na ponta dos dedos:

– Loyer, o ministro? Sim, conheço.

– Conhece-o muito bem?

– Muito bem, não. Mas conheço-o.

Esse Loyer, senador, guarda do selo, ministro dos Cultos, era um solteirão sem ar de ofício, bastante honesto quando não se cogitava de política, conhecendo um pouco de direito, filósofo veterano nos amores extras e nas conversas de botequim. Tendo conhecido tarde as senhoras de sociedade, devorava-as com os olhos, escondidos por trás dos óculos de ouro.

Muito verde ainda aos 60 anos, tinha apreciado, no justo valor, a senhora de Gromance, que vira nos salões da Prefeitura, havia já sete anos. Loyer viera inaugurar, na cidade do senhor Worms-Clavelin, a estátua de Joanna d'Arc. Fora então que pronunciara o discurso memorável que terminava magnificamente com o paralelo entre a Pucelle e Gambetta, "ambos transfigurados", dizia o orador, "pela iluminação sublime do patriotismo". Os conservadores, já secretamente ligados à política financeira da República, tornaram-se gratos ao ministro por havê-los vinculado ao regime, com os honrosos laços de um generoso sentimento.

O senhor de Gromance estendera a mão ao ministro, dizendo-lhe: "É um velho *chouan*, senhor ministro, que lhe diz obrigado, por Joanna d'Arc e pela França." Passeando com a senhora de Gromance, à noite, sob os fachos das lanternas venezianas, nos profundos jardins da Prefeitura, à sombra das árvores plantadas em 1690 pelos beneditinos de Sillé, para que a senhora Worms-Clavelin, dois séculos mais tarde, lhes desse abrigo, o ministro, que acabava de saber pelo prefeito que o velho *chouan* era o marido mais enganado da comarca, tinha segredado algumas galhofas ao ouvido cor-de-rosa da jovem senhora. Ele era burguinhão, envaidecendo-se de ser um burguinhão salgado. Sensível, todavia, à beleza dessa noite histórica, tinha dito, pedindo licença à senhora de Gromance: "Essas iluminações induzem à reflexão." Loyer não desagradava, de modo algum, à senhora de Gromance. Esta solicitara-lhe, daí em diante, alguns pequenos serviços de caráter agrícola e vicinal que o velho senhor lhe satisfizera, sem cobrar nada, contente de poder dar tapinhas nos braços e nas espáduas da formosa aliada e de perguntar, num tom zombeteiro, como ia passando o "velho *chouan*".

Ela podia, pois, confessar em voz alta suas relações com Loyer, que voltara à Pasta dos Cultos, com o Ministério radical.

– Conheço Loyer como toda gente se conhece, quando se pertence ao mesmo meio. Por que me pergunta isso?

– Porque, se estiver em bons termos com Loyer, poderá pedir uma coisa que lhe vou dizer.

– Quê? Você quer os louros, como monsieur Bergeret?

– Não – respondeu gravemente Felipe. – Trata-se de algo mais importante. Você me prestará o serviço de recomendar o padre Guitrel a Loyer.

Ela endireitou-se, surpresa. Entre as meias pretas e a combinação, brilhava um círculo de carne magnífica. O espanto dava-lhe um ar de candura. Perguntou:

– Por quê?

Ele atou a gravata com perícia.

– Para que Loyer o faça bispo.

Essa palavra apresentava à senhora de Gromance ideias abundantes e nítidas.

Via, desde longos anos, o senhor Charlot oficiar, nos dias de festa, na catedral, gordo e atarracado, todo dourado na sua mitra e na sua capa de asperges, rubicundo, informe, augusto. Ela jantava, às vezes, com ele. Recebera-o mesmo à mesa. Como todas as senhoras da diocese, admirava as palestras saborosas e as panturrilhas vermelhas do cardeal-arcebispo. Conhecia, além disso, numerosos bispos, todos veneráveis. Mas nunca refletira sobre as condições pelas quais a dignidade episcopal era atribuída a um padre. Parecia-lhe bizarro que um cavalheiro simpático mas vulgar e chulo como Loyer tivesse o poder de fazer um prelado, tal como o senhor Charlot. Permaneceu pensativa. Do leito em desordem à mesinha, onde se achavam os biscoitos e a garrafa de vinho de Málaga, da cadeira, onde suas calças e seu corpete se encontravam em abandono, até às porcelanas desarrumadas do lavatório, pelo quarto inteiro, passeou seus lindos olhos inteligentes, que se enchiam de sobrepelizes rendadas, báculos, cruzes de peito, anéis de ametista. Não compreendendo bem, perguntou:

– Acredita que um bispo se faz desse jeito?

Ele respondeu com firmeza:

– Perfeitamente.

Enquanto abotoava o corpete, ela disse, sonhadora:

– Então acredita, meu querido, que se eu pedisse a Loyer para nomear o padre Guitrel bispo...

Ele assegurou-lhe que Loyer, um velho pândego, não recusaria isso a uma bela mulher.

Ela prendeu as calças de *foulard* cor-de-rosa com um colchete ao corpete de seda. E, como ele insistisse para que fizesse o pedido ao ministro, ela desconfiou um pouco e teve uma grande curiosidade. Perguntou-lhe:

– Mas, querido, por que quer que o padre Guitrel seja bispo? Por quê?

– Para satisfazer mamãe. E, além disso, esse padre me é simpático. É inteligente à altura... Já não há muitos assim... Na verdade, ele é moderno. Está concatenado com as ideias do papa. Além disso, mamãe ficará tão contente!

– Então, por que não faz ela própria o pedido a Loyer?

– Primeiro, minha querida, não seria a mesma coisa. Depois, meus pais não estão bem, no momento, com o Ministério. Meu pai, como presidente da Câmara Sindical dos Metais, protestou contra as novas tarifas. Não imagina como esses problemas econômicos são irritantes.

Ela, porém, compreendia bem que ele a enganava, e não era por amor filial que se misturava aos negócios eclesiásticos.

De calças de *foulard* cor-de-rosa, com florzinhas também cor-de-rosa, agitava-se, baixando-se, levantando-se, baixando-se ainda, pelo quarto, à procura da saia branca, perdida na confusão perfumada de suas roupas esparsas.

– Meu querido, queria ouvir-lhe a opinião...

– Minha opinião sobre o quê?

Depois de ter longamente atado a gravata diante do espelho e acendido um cigarro, divertia-se seguindo os movimentos da senhora de Gromance com os olhos, nesse traje que lhe exagerava lindamente toda a feminilidade do corpo de mulher. Não atinava se era gracioso ou ridículo. Não sabia se devia achar verdadeiramente belos esses aspectos ou se devia sentir apenas uma ligeira alegria artística. A perplexidade vinha-lhe da lembrança de uma longa discussão travada a propósito, no inverno precedente, em casa de seu pai, depois do jantar, na sala de fumar, por dois velhos entendidos, o senhor de Terremondre, que não conhecia nada mais adorável do que a mulher bela de corpete e calças, e Paul Flin, que afirmava, ao contrário, ser desgraciosa a mulher nessa altura da *toilette*. Felipe seguira a disputa, que era divertida. Não sabia a quem dar razão. Terremondre tinha a experiência, mas era antiquado e artista de temperamento; Paul Flin passava por um pouco presunçoso, mas elegantíssimo. Felipe inclinava-se, por malignidade natural e afinidades eletivas, pelo sentimento de Paul Flin quando a senhora de Gromance enfiou a anágua cor-de-rosa, com flores róseas.

– Meu querido, dê-me sua opinião. Usam-se este ano vestidos inteiros de lontra. Mas o que me diria de um vestido de flanela vermelha... de um vermelho mais carregado... um tom de rubi... com o casaco de lontra... e um pequeno chapéu de lontra, com um ramalhete de violetas de Parma?

Ele ficou pensativo, não deixando transparecer o pensamento senão pelo erguer da cabeça. Dos lábios saiu-lhe, afinal, em vez de palavras, a fumaça do cigarro.

Ela prosseguiu, na visão das coisas sonhadas:

– ... Com botões de pedrarias antigas... As mangas muito estreitas e a saia colante.

Ele falou, enfim:

– A saia colante. Não vejo inconveniente...

Ela lembrou-se, então, de que ele não entendia coisa alguma nem de saias nem de blusas. Teve uma ideia e formulou um raciocínio.

– É esquisito, de qualquer modo. Os homens que não amam as mulheres são os que mais se preocupam com os vestidos delas. Os que as amam nem sequer notam como estão vestidas. Assim você não me poderia dizer, estou certa, o vestido que eu usava, no sábado, em visita à sua mãe. Enquanto o pequeno Sucquet, que tem gostos diferentes, como todos sabem, fala muito bem de roupas e tecidos. Nasceu para modista e costureiro, o rapaz. Diga-me: como se explica isso?

– Seria muito longo.

– Meu querido, você sentou-se na minha saia... Antes que eu me esqueça: Emanuel queixa-se de que você o ignora. Ontem esperava-o para mostrar-lhe um cavalo que pretende comprar. E você não apareceu. Ele não está nada satisfeito.

Diante dessas palavras, Felipe explodiu em invectivas.

– Seu marido aborrece-me como verdadeira sarna. É um idiota, um grotesco... Que carrapato! Você há de convir que passar o dia inteiro na estrebaria, no canil e na horta... pois tem também a mania da agricultura, é doentio!... examinar a sopa dos cachorros, a seringa para os cavalos e as bolachas de fosfato, sistema Brême-Ducornet, não chega a ser um destino. Como estamos ligados, eu e você, acho duro que seu marido não largue a aba do meu paletó. Ele é tão estúpido que toda a gente percebe tudo. Juro: isto já é sabido.

Ela respondeu, com meiguice e gravidade, vestindo a saia:

– Não fale mal de meu marido. Uma vez que é indispensável que se tenha um, sou muito feliz com esse. Pense, meu querido, que poderíamos ter um pior.

Mas Felipe não se acalmara.

– E ele a ama, o animal!

Ela fez um muxoxo e um leve dar de ombros que queria dizer: não tem importância.

Felipe compreendeu desse modo. Concordou neste sentido:

– Pela cara, vê-se logo que ele não descobriu a pólvora... Mas há coisas que são desagradáveis, quando se presta atenção.

A senhora de Gromance dirigiu a Felipe um lindo olhar, feliz e tranquilo, que aconselhava o abandono dos pensamentos desagradáveis, e foi depositar-lhe nos lábios um beijo magnífico, como um selo real de lacre escarlate.

 Ele disse-lhe:

– Cuidado com o cigarro.

Agora, no seu vestido simples e bege, ela arrumava os cabelos finos sob o chapéu. De súbito, pôs-se a rir. Ele perguntou-lhe por que ria.

– Por nada...

Ele queria saber.

– Pois bem! Estava pensando que sua mãe, quando tinha encontros... deveria atrapalhar-se muito com o cabelo, se é que mandava fazer todos os dias o belo penteado que se vê no retrato do seu salão.

Não sabendo de que modo acolher essa pilhéria, que o chocara, ele não respondeu nada.

Ela insistiu:

– Você não se zangou, espero. Você me ama? Diga.

Ele não se zangara. Amava-a. Então ela retornou à ideia:

– É curioso! Os filhos acreditam na virtude das mães. As filhas também, todavia menos. No entanto, não basta que uma mulher tenha filhos para que se esteja seguro de que não tenha tido amantes.

Ela pensou e disse:

– São, apesar de tudo, complicadas as ideias que se tem na vida. Adeus, meu querido. Não tenho mais do que o tempo de voltar a pé para casa.

– Por que a pé?

– Primeiro, é bom para a saúde. Depois, isso mostra que não tomei o carro. E não é maçante.

Ela contemplou-se de lado, depois em três quartos, depois de costas, ao espelho.

– Curioso, a uma hora desta, estou certa de arrastar, à minha passagem, muitos admiradores platônicos.

– Por quê?

– Porque não estou repugnante de aspecto.

– Pergunto: por que você está certa, a uma hora desta?

– Porque é noite. À noite, antes do jantar, os ânimos estão exacerbados.

– Mas quem é que a segue? Que espécie de indivíduos?

– Empregados, homens distintos, operários, padres. Ontem, fui seguida por um negro. Tinha um chapéu lustroso como espelho. Era muito meigo.

– Ele falou com você?

– Sim. Disse-me: "Minha senhora, quer tomar um carro comigo? Será que teme comprometer-se?"

– Que estúpido!

Ela respondeu gravemente:

– Há os que dizem coisas ainda mais estúpidas. Adeus, meu querido! Nós nos amamos muito hoje!

Tinha a mão já na chave da porta. Ele deteve-a.

– Clotilde, prometa-me que irá ver o ministro Loyer e que lhe dirá com a maior gentileza: "Senhor Loyer, o senhor dispõe de um bispado vago. Nomeie o padre Guitrel. Não poderá fazer melhor escolha. É um eclesiástico identificado com as ideias do papa."

Ela sacudiu encantadoramente a cabeça.

– Procurar Loyer, em sua casa, para isso, não! Você não há de querer me ver na jaula do gorila. É preciso provocar um ensejo, encontrá-lo em casa de amigos.

– Mas – replicou Felipe – é um negócio urgentíssimo. Loyer pode, de um momento para outro, assinar as nomeações para os bispados vagos. Há vários.

Ela refletiu e, num esforço de raciocínio:

– Creio que está enganado, meu querido. Não é Loyer que nomeia os bispos. É o papa, asseguro-lhe, ou o núncio. A prova é que Emanuel dizia outro dia: "O núncio devia violar a modéstia do senhor de Goulet oferecendo-lhe um bispado". Vê bem.

Ele esforçou-se para tirá-la do engano. Deu-lhe explicações:

– Ouça-me: o ministro escolhe os bispos e o núncio aprova a escolha do ministro. É o que se chama a Concordata. Você dirá a Loyer: "Tenho em vista um padre inteligente, liberal, cordato, perfeitamente afinado com as ideias do..."

– Já sei.

Ela abriu os grandes olhos.

– Em todo caso, é extraordinário o que você me pede, meu querido.

Sua surpresa nascia do fato de ela ser piedosa e cheia de respeito pelas coisas santas. Ele era um pouco menos piedoso do que ela, porém talvez tivesse um pouco mais de delicadeza. Reconheceu, do fundo de sua alma, que era, com efeito, um pedido bastante extraordinário, e tendo interesse em que se concluísse o caso, teve a cautela de tranquilizar a senhora de Gromance:

– Não peço nada que seja contrário à religião. Bem diferente.

No entanto, ela fora tomada pela curiosidade inicial. Perguntou:

– Mas, meu querido, por que quer você que o padre Guitrel venha a ser bispo?

Ele respondeu com embaraço que já lhe tinha dito:

– Mamãe faz questão. E, além dela, outras pessoas.

– Quais?

– Muitíssimas... Os Bonmont...

– Os Bonmont? Mas eles são judeus!

– Não faz mal. Há judeus até no clero.

Sabendo que os Bonmont estavam no caso, ela farejou algum ardil. Mas, como tinha o coração terno e a alma leve, prometeu falar ao ministro.

16

O padre Guitrel, candidato ao episcopado, foi introduzido no gabinete do núncio. O senhor Cima surpreendia, primeiro, pelos grandes traços pálidos da fisionomia, que os anos tinham abatido sem envelhecer. Aos 40 anos, tinha os ares de um adolescente enfermo. Quando abaixava os olhos, seu rosto parecia de um morto. Fez sinal à visita para que se sentasse e procurou, na poltrona, sua posição costumeira, para ouvi-la. O cotovelo direito na mão esquerda e a bochecha apoiada na concha da mão direita tinham um encanto quase fúnebre, que lembrava certas imagens de baixos-relevos antigos. Seu rosto imóvel era coberto de melancolia. Mas, quando sorria, sua máscara tornava-se cômica. O olhar dos seus belos olhos sombrios causava penosa impressão e em Nápoles dizia-se que ele tinha maus olhos. Na França, era tido como fino político.

O padre Guitrel supôs muito hábil fazer apenas uma rápida alusão ao assunto da visita.

Que a Igreja, na sua sabedoria, dispusesse dele. Todos os sentimentos em relação a ela se confundiam no da obediência absoluta.

– Caro senhor – acrescentou –, sou um sacerdote, isto é, um soldado. Aspiro à glória de obedecer.

O senhor Cima, tendo inclinado lentamente a cabeça em sinal de aprovação, perguntou ao padre Guitrel se conhecera o falecido bispo de Tourcoing, o senhor Duclou.

– Conheci-o, senhor, em Orléans, quando era vigário.

– Em Orléans. É uma cidade agradável; tenho parentes lá, primos de grau já alto. O senhor Duclou era idoso. De que morreu?

– De cálculos, senhor.

– É o fim de muitos velhos, se bem que a ciência trouxe, de alguns anos para cá, grandes alívios a esse terrível incômodo.

– Com efeito, senhor.

– Conheci o senhor Duclou em Roma. Ele acompanhava-me no meu *whist.* Nunca esteve em Roma, senhor Guitrel?

– Meu senhor, essa é uma consolação que me tem sido recusada até hoje. Mas lá me encontrei muitas vezes em pensamento. Minha alma tem estado sempre no Vaticano, à falta do corpo.

– Sim... sim... O papa ficará feliz de vê-lo. Ele ama a França. A estação preferível para uma temporada em Roma é a primavera. Durante o estio, a malária reina no campo e até mesmo em certos quarteirões da cidade.

– Não temo a malária.

– Sem dúvida... sem dúvida... Pode-se, é certo, com algumas precauções, afastar o perigo das febres. É preciso não sair à noite sem capa. Os estrangeiros devem, sobretudo, evitar os passeios em carros abertos, depois do crepúsculo.

– Diz-se, senhor, que o espetáculo do Coliseu ao luar é verdadeiramente sublime.

– O ar é maligno no Coliseu. É necessário também evitar os jardins da *villa* Borghèse, que são úmidos.

– Realmente, senhor?

– Sim... sim... Eu próprio, nascido em Roma, de pais romanos, suporto mal o clima de Roma. Acho Bruxelas um destino preferível. Passei um ano em Bruxelas. Não creio que exista cidade mais agradável. Tenho parentes lá... Tourcoing é uma grande cidade?

– Uma cidade de 40 mil almas, mais ou menos, senhor. Uma cidade manufatureira.

– Eu sei, eu sei. O senhor Duclou dizia-me, em Roma, que não encontrava nos seus administrados senão um defeito: o de beber cerveja. Dizia-me: "Se bebessem o vinhozinho de Orléans, seriam cristãos completos. Mas o lúpulo torna-os tristes."

– O senhor Duclou gracejava com muito espírito.

– Não gostava de cerveja. Surpreendi-o imensamente dizendo-lhe que a preferência por essa bebida estava muito difundida, hoje, na Itália. Há grandes fábricas de cerveja em Florença, em Roma, em Nápoles, em todas as cidades. Gosta de cerveja, senhor Guitrel?

– Não a evito de modo algum, senhor.

O núncio deu o anel a beijar ao padre, que se retirou respeitosamente.

O núncio tocou a campainha.

– Mande entrar o senhor Lantaigne.

O diretor do grande seminário, tendo beijado o anel do núncio, foi convidado a sentar-se e a falar.

Disse:

– Senhor, sacrifiquei em nome do papa e da necessidade a amizade que me ligava à família de meus reis. Recalquei no coração as mais caras esperanças. Tudo isso se devia ao chefe dos fiéis, pela unidade da Igreja. Se Sua Santidade me elevasse ao bispado de Tourcoing, aí governaria em sua honra e para a glória da França. Um bispado é um governo. Asseguro-vos minha firmeza.

O senhor Cima, tendo inclinado lentamente a cabeça em sinal de aprovação, perguntou ao padre Lantaigne se conhecera o falecido bispo de Tourcoing, o senhor Duclou.

– Conheci-o muito pouco – respondeu o padre Lantaigne –, e muito antes de sua elevação ao episcopado. Lembro-me de lhe haver cedido sermões, quando os tinha demais.

– Ele já não era moço quando o perdemos. De que morreu?

– Ignoro.

– Conheci o senhor Duclou em Roma; acompanhava-me no *whist*. Nunca foi a Roma, senhor Lantaigne?

– Nunca, senhor.

– É preciso que vá. O papa ficará feliz de vê-lo. Ele ama a França. Mas deve ter cuidado, o clima de Roma é duro para os estrangeiros. Durante o verão, a malária reina no campo e até mesmo em certos quarteirões da cidade. A estação preferível para uma temporada em Roma é a primavera. Nascido em Roma, de pais romanos, sinto-me melhor em Paris ou em Bruxelas do que em Roma. Bruxelas é uma cidade agradabilíssima. Tenho parentes lá. Diga-me, Tourcoing é uma grande cidade?

– É um dos bispados mais antigos da Gália setentrional, senhor. Essa cadeira foi ilustrada por uma longa série de bispos santos, desde o bem-aventurado Loup até o senhor da Thrumellière, antecessor do senhor Duclou.

– Que população, diga-me, é essa de Tourcoing?

– A fé lá é muito viva, senhor. A doutrina tem mais o espírito da Bélgica do que o espírito francês.

– Eu sei, eu sei; o senhor Duclou, o saudoso bispo de Tourcoing, dizia-me um dia, em Roma, que não conhecia senão um defeito nos seus jurisdicionados: o de beber cerveja. Dizia-me: "Se eles bebessem o vinhozinho de Orléans, seriam os melhores cristãos do mundo. Infelizmente, o lúpulo comunica-lhes seu amargor e tristeza."

– O senhor vai permitir que lhe diga: o senhor Duclou tinha o espírito pobre e a índole fraca. Não utilizou as energias dessas populações fortes do Norte. Não era um homem mau, tinha, porém, ódio medíocre ao mal. É preciso que a universidade católica de Tourcoing se expanda e brilhe sobre toda a catolicidade. Se Sua Santidade me julga digno de subir na cadeira de São Loup, quero em dez anos conquistar os corações todos, pela santa violência das obras, furtar ao inimigo todas as almas, restabelecer, no meu território inteiro, a unidade da crença. Nas suas profundezas secretas, a França é cristã. O que falta aos católicos de nosso país são chefes enérgicos. Morremos de fraqueza.

O senhor Cima ergueu-se, estendeu ao padre Lantaigne o anel de ouro e disse:

– É preciso ir a Roma, senhor reverendo, é preciso ir a Roma.

17

Nas cinzentas Batignolles, o salão era humilde, enfeitado apenas com gravuras provenientes das oficinas do Louvre e com figuras, vasos, taças, pratos de Sèvres, ornatos de efeito medíocre, que atestavam os laços da dona da casa com os funcionários da República. A senhora Cheiral, da família Loyer, era irmã do ministro da Justiça e dos Cultos. Viúva de um comissário da rue d'Hauteville, que não lhe deixara nada, unira-se ao irmão por necessidade de viver e por ambição materna, e governava esse solteirão que governava o país. Obrigara-o a tomar como chefe de Gabinete seu filho Maurício, que não conseguia encontrar emprego e que só teria êxito em funções públicas.

O tio Loyer tinha seu quarto no pequeno apartamento de Clichy, onde se aboletava cada vez que era vítima de tonteiras e sonolências, como acontecia a cada primavera, pois envelhecera. Mas logo que sentia a cabeça e os pés firmes, voltava ao sótão, que vinha ocupando havia quase meio século, de onde divisava as árvores do Luxemburgo e onde os policiais do Império tinham vindo, por duas vezes, detê-lo. Aí conservava ele o cachimbo de Júlio Grévy.

Era tudo isso o verdadeiro tesouro desse homem bonachão que atravessara no Parlamento a idade da eloquência e a idade dos negócios, manejara no Interior as verbas secretas de três mandatos, comprara muitas consciências para seu partido, corruptor incorruptível, infinitamente tolerante com as prevaricações dos amigos, mas orgulhoso de conservar no poder as vantagens da pobreza quase maliciosa, um pouco cínica, obstinada, inveterada, honrosa.

De vista apagada e espírito indolente, encontrando, de quando em quando, sua antiga destreza e seu caráter de decisão, consumia as últimas forças no bilhar e na concentração. De uma inteligência acanhada e de uma habilidade medíocre, a senhora Cheiral governava a seu bel-prazer esse velho astuto, tranquilo, tristonho e chulo que, ministro pela sexta vez no Gabinete que sucedeu o Gabinete clerical, via com resignação o sobrinho Maurício preencher, sem espírito de conduta nem senso moral, as funções vagas de chefe de gabinete. Loyer estava, sem dúvida, surpreso de descobrir no sobrinho inclinações reacionárias e clericais. Mas andava muito exposto à apoplexia para contrariar a irmã.

A senhora Cheiral ficara em casa nesse dia. Recebeu afetuosamente a senhora Worms-Clavelin, que viera vê-la um pouco tarde, quando já não se esperavam outras visitas.

Trocaram cumprimentos gentilíssimos. A senhora do prefeito voltaria no dia seguinte à sua Prefeitura.

– Já, meu bem?

– É preciso – respondeu a senhora Worms-Clavelin, muito meiga, o ar ingênuo sob as plumas pretas do chapéu. Era seu traje de visitas, o que ela chamava montar no cavalo do coche fúnebre.

– Você janta conosco, meu bem. Ninguém mais a vê com tanta frequência em Paris... Será em completa intimidade. Não acredito que meu irmão venha. Ele está tão ocupado, tão absorvido neste momento! Teremos, porém, provavelmente, Maurício. Os moços de agora são compor tados; não é mais como antigamente. Maurício passa comigo noites a fio.

Ela empregou, para persuadir a senhora Worms-Clavelin, a unção penetrante de uma alma sociável.

– Não haverá nenhuma cerimônia. Estará muito bem como está. Já disse que nós estaremos em família.

A senhora Worms-Clavelin obtivera, do ministro do Interior, a cruz de oficial para o marido; e do ministro da Justiça e dos Cultos, Loyer, a promessa de que o padre Guitrel seria proposto ao papa como candidato ao bispado de Tourcoing, na lista dos eclesiásticos designados para os seis bispados vagos. Nada a retinha mais em Paris. Sua intenção era partir nessa noite para a Prefeitura.

Desculpou-se com um "monte de questões", mas a senhora Cheiral foi exigente. Quando se prolongou a resistência da primeira-dama, a senhora Cheiral escolheu uma voz ríspida e apertou os lábios finos denunciando contrariedade. A senhora Worms-Clavelin não queria aborrecê-la. Aceitou.

– Ainda bem! Até que enfim! Repito. Será sem cerimônia.

Foi sem cerimônia; Loyer não apareceu, de fato. Maurício, também esperado, tampouco apareceu. Estiveram presentes, porém, a proprietária de uma charutaria e um velho muito considerado no ensino primário. A conversa foi séria. A senhora Cheiral, que só se interessava, realmente, pelos seus negócios e só tinha malevolências para as amigas íntimas, indicou os homens que lhe pareciam dignos do Senado, da Câmara e do Instituto, não que se ocupasse de política, de ciências ou de letras, mas porque se acreditava obrigada, como irmã do ministro, a ter ideias sobre tudo quanto constituía a grandeza moral e intelectual do país. A senhora Worms-Clavelin ouvia com meiguice encantadora. Conservou constantemente o ar de inocência que assumia na companhia de pessoas que não a divertiam. Tinha para o mundo um modo de abaixar os olhos que excitava os cavalheiros maduros e que perturbou o velho administrador da gramática e da ginástica. Ele procurava tocar-lhe com o pé por baixo da mesa. Enquanto isso, ela pensava já tomar o bonde que a levaria da avenue de Clichy ao Arco do Triunfo, onde, na bifurcação de avenidas, semelhante a uma imensa cruz, se encontrava sua *family-house.*

Mas, ao entrar no salão pelo braço do velho cavalheiro que prestava destacados serviços à instrução primária, encontrou o jovem Maurício Cheiral, que, detido até muito tarde depois do expediente no Ministério, tinha jantado no *cabaret* e viera vestir-se, para fechar a noite no teatro. Contemplou a senhora Worms-Clavelin com interesse, sentando-se ao seu lado no velho divã materno, por baixo de um grande prato de Sèvres decorado num estilo neochinês e pendurado à parede numa moldura de pelúcia azul.

– Senhora Clavelin!... Precisava justamente falar-lhe.

A senhora Worms-Clavelin fora morena e magra. Desse modo, não desagradava muito aos homens. Com o tempo, tornara-se gorda e loura. Nessa nova forma, não desagradava aos homens.

– A senhora viu meu tio ontem.

– Sim. Ele foi encantador comigo. Ele está bem, hoje?

– Cansado, cansadíssimo... Entregou-me o processo.

– Que processo?

– O processo das candidaturas aos seis bispados vagos. Quer muito que o padre Guitrel seja escolhido, não?

– É meu marido que faz questão. Seu tio disse-me que o caso está no papo.

– Meu tio... se contar com o que diz meu tio... Ele é ministro, não pode saber. Enganam-no. Além disso, diz o que bem entende. Por que não se dirigiu a mim?

Com um pudor cheio de encanto, a senhora Worms-Clavelin respondeu em voz baixa:

– Está bem, dirijo-me ao senhor!

– Faz bem – disse o chefe do Gabinete. – Faz tanto melhor porque seu caso não anda, de modo algum, e depende de mim que venha a andar ou que não ande de todo. Meu tio disse-lhe que faria as seis propostas ao papa?

– Sim.

– Pois bem! Foram feitas. Sei disso. Fui eu quem as formulou. Interesso-me particularmente pelos negócios eclesiásticos. Meu tio pertence à velha escola; não compreende a importância da religião. Quanto a mim, estou compenetrado dela. Eis a situação: os seis candidatos foram propostos ao papa. O Santo Padre só aceitou quatro. Para os dois restantes, o senhor Guitrel e o senhor Morrue, sem recusá-los definitivamente, julga-se ainda pouco informado.

Maurício abanou a cabeça.

– Está mal-informado. E quando estiver mais bem-informado, não sei o que dirá. Entre nós, cara senhora, Guitrel me dá a impressão de um velhaco. E devemos ter a maior cautela na escolha dos bispos. O corpo episcopal é uma força na qual um governo sábio deve poder apoiar-se. É o que se começa a compreender.

– O senhor tem toda razão – interveio a senhora Worms-Clavelin.

– Por outro lado – insistiu o chefe de gabinete –, seu candidato parece inteligente, instruído, de espírito aberto.

– Então?... – disse a senhora Worms-Clavelin, com um delicioso sorriso.

– É delicado! – disse Cheiral.

Cheiral não era inteligente. Não apreciava nunca senão seu pequeno número de coisas e só se decidia por motivos cuja futilidade tornava difícil seu entendimento. Por isso, muitos acreditavam que tivesse, em idade ainda tenra, pontos de vista pessoais. No momento, acabara de ler um livro de Imbert de Saint-Amand sobre as Tuilleries, durante o Segundo Império; fora sacudido, na leitura, pelo esplendor de uma corte brilhante e concebera a ideia de um gênero de vida em que, como o duque de Morny, associaria os prazeres da vida à política e desfrutaria o poder de todos os modos. Contemplou a senhora Worms-Clavelin com um certo ar cuja intenção ela compreendeu perfeitamente. Por isso, ficou silenciosa, mantendo-se de olhos baixos.

– Meu tio – prosseguiu Cheiral – dá-me toda a liberdade nesse caso, que não lhe interessa nada. Posso agir de dois modos. Ou propor logo, sem demora, os quatro candidatos preferidos de Roma, ou dizer ao núncio que nenhum movimento episcopal será submetido à assinatura do presidente da República enquanto a Santa Sé não tiver aceitado os seis candidatos. Não me decidi por enquanto. Mas ficaria encantado se nos entendêssemos os dois a propósito. Eu a esperarei, depois de amanhã, às cinco da tarde, num carro fechado, junto à grade do parque Monceau, do lado da rue Vigny.

“O perigo não é grande”, pensou a senhora Worms-Clavelin. Respondeu apenas com uma ligeira palpitação das longas pálpebras.

18

A senhora de Bonmont não teve dificuldade em reunir em casa Raul Marcien e o padre Guitrel. O encontro foi tão natural que podia ser esperado. O padre Guitrel tinha unção. Raul era homem de sociedade, sabendo o que se devia à Igreja.

– Senhor reverendo – disse ele –, pertenço a uma família de padres e de soldados. Eu próprio já servi; o que vale dizer...

Não terminou. O padre Guitrel estendeu-lhe a mão, replicando-lhe, com um sorriso:

– Acredito que faremos aqui a aliança do sabre e do aspersório...

E retomando logo a gravidade sacerdotal:

– Aliança feliz, entre todas, e muito natural. Nós somos também soldados. De minha parte, estimo muito os militares.

A senhora de Bonmont contemplou com simpatia o padre, que prosseguiu:

– Na diocese onde sirvo, abrimos clubes onde os jovens soldados podem ler bons livros, fumando seus cigarros. Essas iniciativas, que o senhor Charlot incentiva, prosperam e prestam grandes serviços. Não sejamos injustos com o século em que vivemos: ele tem feito muito mal e muito bem.

Estamos empenhados numa grande batalha. Isto vale mais, talvez, do que viver sempre no morno, que um grande poeta cristão excluiu, ao mesmo tempo, do paraíso e do inferno.

Raul aplaudiu essas palavras, mas nada respondeu – não porque era pobre de ideias nesse assunto, mas também porque seu espírito estava inteiramente voltado para o exame de três denúncias de peculato que tinham sido apresentadas contra ele, e essa preocupação roubava-lhe a faculdade de seguir raciocínios abstratos e gerais.

A senhora de Bonmont não sabia precisamente qual era a origem desse silêncio e o padre Guitrel ignorava-a de todo. Acreditando ser oportuno e supondo reanimar a conversa, perguntou ao senhor Marcien se não conhecia o coronel Gandouin:

– É um homem admirável em todos os aspectos – acrescentou o padre –, um belo exemplar de cristão e de soldado e que desfruta, em nossa diocese, da estima unânime da gente de bem.

– Se conheço o general Gandouin! – exclamou Raul. – Conheço-o bem demais. Tenho-o até aqui... Aí está um que não perde por esperar.

Estas palavras afligiram a senhora de Bonmont e surpreenderam o padre Guitrel, que não sabiam, nem um nem outro, que o coronel Gandouin tinha, quatro anos antes, sentenciado, com seis outros oficiais, a reforma do capitão Marcien por má conduta incorrigível. Era o motivo que o Conselho escolhera, entre vários outros.

A partir desse momento, a meiga Elisabete não esperou mais um grande resultado desse encontro, que preparara com o fim de apaziguar seu Raul, afastá-lo dos pensamentos violentos e conduzi-lo às solicitações do amor. Entretanto, abriu o coração e disse, com voz úmida:

– Não é verdade, senhor reverendo, que quando se é moço, quando se tem um belo futuro, é preciso não se entregar ao desânimo e à tristeza? Não é verdade que se deve, ao contrário, expulsar as ideias sombrias?

– Sem dúvida, senhora baronesa, sem dúvida – respondeu o padre Guitrel. – É indispensável resistir ao desânimo, não se entregando às tristezas sem motivo. Um bom cristão não alimenta ideias obscuras, senhora baronesa, seguramente.

– Está ouvindo, senhor Marcien? – disse a senhora de Bonmont.

Mas Raul não ouvia, e a conversa morreu.

A senhora de Bonmont, que era benevolente, pensou, no fundo de sua dor, causar um leve prazer ao padre Guitrel.

– Então, senhor reverendo – disse-lhe ela –, sua pedra predileta é a ametista?

O padre, percebendo-lhe a intenção, respondeu-lhe severamente, até mesmo com certa rispidez:

– Deixemos isso, minha senhora, peço-lhe, deixemos isso...

19

Tendo-se levantado muito cedo, monsieur Bergeret, professor de literatura latina, deixou a cidade na companhia de Riquet. Eles queriam-se sinceramente e não se separavam nunca. Tinham os mesmos gostos, levando ambos, de preferência, uma vida tranquila, regrada e simples.

Nos passeios, Riquet seguia atentamente o dono com os olhos. Temia perdê-lo de vista um minuto, porque não tinha muito faro e não poderia seguir-lhe a pista. Esse belo olhar fiel tornava-o simpático. Trotava ao lado de monsieur Bergeret com ar importante, que não desagradava. O professor de literatura latina caminhava com um passo ora rápido, ora lento, à mercê do seu pensamento caprichoso.

Riquet, quando o passava de uma distância de pedra lançada, voltava-se para esperá-lo, o focinho no ar, uma pata dianteira erguida e dobrada, numa atitude de atenção e vigilância. Um e outro divertiam-se com um nada. Riquet entrava impetuosamente nas aleias e nas lojas, saindo logo. Nesse dia, como tivesse vencido num pulo o passo do carvoeiro, encontrou-se frente a frente com um pombo enorme, de uma brancura imaculada. O pombo abriu as asas radiosas na sombra e Riquet correu assombrado.

Veio, como de costume, narrar, com os olhos, as patas e o rabo, sua aventura a monsieur Bergeret, que lhe disse, divertido:

– Sim, meu pobre Riquet, aí está um encontro terrível, e nós escapamos às garras e ao bico de um monstro alado. Esse pombo era espantoso.

Monsieur Bergeret sorriu. Riquet conhecia aquele sorriso. Percebeu muito bem que o dono zombava. Era o que detestava. Parou de sacudir o rabo e pôs-se a caminhar de cabeça baixa, o dorso curvado e as patas abertas em sinal de aborrecimento.

Monsieur Bergeret disse-lhe ainda:

– Meu pobre Riquet, esse pássaro, que teus antepassados teriam trincado vivo, te assusta. Não tens fome como eles; tampouco tens a audácia deles. Uma cultura refinada tornou-te medroso. É uma grande questão saber se a civilização não enfraquece nos homens a coragem e ao mesmo tempo a ferocidade. Mas os homens cultos afetam coragem por respeito humano, e escolhem a virtude artificial mais bela, talvez, do que a natural. Ao passo que tu demonstras teu medo sem vergonha alguma.

O descontentamento de Riquet, a bem dizer, era ligeiro. Durou pouco. Tudo fora esquecido quando o homem e o cão entraram na floresta de Josde, à hora em que a terra está úmida de orvalho e os vapores rolam nos flancos dos barrancos.

Monsieur Bergeret gostava da floresta. Diante de um fio de erva, perdia-se em conjeturas infinitas. Riquet também gostava da floresta. Sentia um prazer misterioso farejando as folhas mortas. Pensando ambos, seguiram o caminho coberto que conduzia à encruzilhada das Demoiselles até que encontraram um cavaleiro que ia para a cidade. Era o senhor de Terremondre, conselheiro geral.

– Bom dia, monsieur Bergeret – disse, detendo o cavalo. – E então? Refletiu acerca dos motivos que lhe expus ontem?

O senhor de Terremondre explicara na véspera, em casa de Paillot, o livreiro, por que era antissemita.

O senhor de Terremondre era antissemita na província, particularmente na estação das caçadas. Durante o inverno, em Paris, jantava em casa dos financistas judeus, que estimava imenso, para levá-los a comprar quadros, com vantagens. Era nacionalista e antissemita no Conselho Geral, em consideração aos sentimentos que reinavam na comarca. Mas, como não houvesse judeus na cidade, o antissemitismo consistia, principalmente, em atacar os protestantes, que constituíam pequena sociedade, austera e fechada.

– Eis-nos adversários – repetiu o senhor de Terremondre. – Estou aborrecido, pois o senhor é um homem de espírito, mas vive fora do movimento social. Não se envolve nunca na vida pública. Se tivesse, como eu, a mão na massa, seria antissemita.

– O senhor confunde-me – disse monsieur Bergeret. – Os semitas, que ocupavam outrora a Caldeia, a Assíria, a Fenícia, e fundaram cidades em todo o litoral do Mediterrâneo, constituem-se, hoje, de judeus esparsos no mundo e de numerosas povoações árabes da Ásia e da África. Não tenho o coração grande o suficiente para encerrar tanto ódio. O velho Cadmus era semita. Não posso, absolutamente, ser inimigo do velho Cadmus.

– Está brincando – disse o senhor de Terremondre, retendo o cavalo, que comia os ramos dos arbustos. – Bem sabe que antissemitismo é dirigido apenas contra os judeus estabelecidos na França.

– Será necessário, pois, que eu venha a odiar oitenta mil pessoas – disse monsieur Bergeret. – É demais e, além disso, não me sinto com força.

– Ninguém lhe pede que odeie – argumentou o senhor de Terremondre. – Mas existe incompatibilidade entre os franceses e os judeus. O antagonismo é irredutível. É uma questão de raça.

– Acredito, ao contrário – disse monsieur Bergeret –, que os judeus são extraordinariamente assimiláveis e formam a espécie de homens mais plástica e maleável que existe no mundo. Com a mesma boa vontade com que, outrora, a sobrinha de Mardocheu entrou para o harém de Assuerus, as filhas dos nossos financistas judaicos casam-se, hoje, com os herdeiros dos maiores nomes da França cristã. É tarde para falar, depois dessas uniões, na incompatibilidade das raças. Além disso, acho mau que se inventem num país distinções de raças. Não é a raça que constitui a pátria. Não há povo, na Europa, que não seja formado de uma multidão de raças confundidas e misturadas. A Gália, quando César nela penetrou, era povoada de celtas, gauleses, iberos, diferentes, uns dos outros, de origem e religião. As tribos que plantavam zimbórios não tinham o mesmo sangue das nações que honravam a armadura e os druidas. Nesse amálgama humano, as invasões derramaram germânicos, romanos, sarracenos, e isso gerou um povo, um povo heroico e encantador, a França, que até pouco tempo ainda ensinava a justiça, a liberdade, a filosofia à Europa e ao mundo. Lembre-se das belas palavras de Renan; queria poder citá-las com exatidão: "O que faz que os homens constituam um povo é a lembrança das grandes coisas que praticaram juntos e a vontade de realizar outras."

– Muito bem – disse o senhor de Terremondre. – Mas como não tenho vontade de realizar nada com judeus, continuo antissemita.

– Estará certo de poder sê-lo completamente? – perguntou monsieur Bergeret.

– Não entendo – disse o senhor de Terremondre.

– Vou me explicar, então – respondeu monsieur Bergeret. – Há um fato constante: cada vez que atacamos os judeus, temos um bom número deles ao nosso lado. Foi precisamente isso o que aconteceu a Titus.

Nessa altura da conversa Riquet sentou-se sobre o coto de cauda, no meio do caminho, e olhou o dono com resignação.

– O senhor reconhecerá – prosseguiu monsieur Bergeret – que Titus foi bastante antissemita entre os anos 67 e 70 d.C. Invadiu Jotapete, exterminando seus moradores. Ocupou Jerusalém, queimou-lhe o templo, fez da cidade um monte de cinzas e escombros, que, não tendo mais nome, recebeu, alguns anos depois, o de Oelia Capitolina. Fez conduzir a Roma, nas pompas do triunfo, o candelabro de sete braços. Acredito, sem querer afrontá-lo, que isso constitui levar o antissemitismo a um ponto que o senhor não contará atingir. Pois bem! Titus, destruidor de Jerusalém, conservou numerosos amigos entre os judeus. Berenice foi-lhe ternamente dedicada e o senhor sabe que ele a abandonou, causando malgrado a ela. Flavius Josephe se entregou a ele, e Flavius não se incluía entre os menores de sua nação. Descendia dos reis asmoneus; vivia como austero fariseu e escrevia corretamente o grego. Depois da ruína do templo e da cidade, acompanhou Titus até Roma e imiscuiu-se na intimidade do imperador. Obteve o direito de cidadania, o título de cavalheiro romano e uma pensão. Não creia, caro senhor, que ele supôs trair, desse modo, o judaísmo. Ao contrário, permaneceu fiel à lei e dedicava-se a recolher suas antiguidades nacionais. Enfim, era um bom judeu a seu modo, e amigo de Titus. Ora, em todos os tempos existiram Flavius em Israel. Como bem diz o senhor, vivo muito afastado do mundo e alheio às pessoas que nele se agitam. Mas ficaria bastante surpreso se os judeus, também desta vez, não se dividissem, e se não se contasse grande número deles no seu partido.

– Alguns, com efeito, estão conosco – disse o senhor de Terremondre. – Têm valor.

– Calculei bem – retrucou monsieur Bergeret. – Penso que se encontram entre eles muitos habilíssimos que triunfarão no antissemitismo. Repetia-se há trinta anos, mais ou menos, a frase de um senador, homem de espírito, que admirava nos judeus a faculdade de triunfar e que citava como exemplo certo capelão esmoler da corte, israelita de origem:

"Vejam", dizia, "um judeu meteu-se no clero e acabou monsenhor." Não restauremos os preconceitos bárbaros. Não indaguemos se um homem é judeu ou cristão, mas apenas se é honesto e se faz-se útil ao país.

O cavalo do senhor de Terremondre começou a bufar e Riquet, aproximando-se do dono, convidou-o, com um olhar súplice e terno, a retomar o passeio iniciado.

– Não acredite, de modo algum – disse o senhor de Terremondre –, que envolvo todos os judeus num sentimento cego de reprovação. Conto entre eles excelentes amigos. Mas sou antissemita por patriotismo.

Estendeu a mão a monsieur Bergeret e impeliu o cavalo para a frente. Retomara tranquilamente a estrada quando o professor da Faculdade de Letras o chamou:

– Ouça, caro senhor de Terremondre, um conselho: uma vez que o fio foi quebrado, uma vez que o senhor e seus amigos todos se incompatibilizaram com os judeus, façam tudo para não lhes ficar devendo coisa alguma, devolvendo-lhes o deus que lhe tomaram. Pois é certo que os senhores lhes tomaram o deus.

– Jeová? – perguntou o senhor de Terremondre.

– Jeová! No seu lugar, eu desconfiaria dele. Ele era judeu até o fundo da alma. Quem sabe se não continuou? Quem sabe se não está vingando seu povo no momento? Tudo quanto vemos, essas confissões explosivas como trovoadas, essa goela aberta, essas revelações, repontando de toda parte, essa assembleia de togas vermelhas que os senhores não puderam impedir quando podiam tudo, quem sabe se não foi ele quem vibrou esses golpes espantosos? Eles têm muito do seu feitio bíblico. Acredito reconhecê-los aí.

Já o cavalo do senhor de Terremondre desaparecia por detrás das ramagens, na volta do caminho, e Riquet corria contente para o mato.

– Desconfie – repetiu monsieur Bergeret. – Não guarde o deus deles.

20

A senhora Worms-Clavelin avançava na sombra e no aguaceiro, sob a proteção do guarda-chuva, com o passo forte e decidido que por motivo extraordinário não se enfraquecera no calçamento das cidades provincianas. A portinhola do fiacre que a esperava junto à grade do parque Monceau abriu-se. E a senhora Worms-Clavelin aboletou-se tranquilamente no fiacre ao lado do jovem chefe de gabinete, que lhe perguntou como ia. Ao que ela respondeu:

– Eu? Vou sempre bem.

E acrescentou:

– Que tempo!

As vidraças do fiacre estavam inundadas. Todos os ruídos da cidade se afogaram no ar úmido e só se ouvia o barulho leve das gotas d'água.

Como o fiacre começava a rolar nas calçadas ensurdecidas, ela perguntou:

– Aonde vamos?

– Aonde quiser.

– Para mim tanto faz... Para os lados de Neuilly, de preferência.

Tendo dado ordens ao cocheiro, Maurício Cheiral disse à senhora do prefeito:

– Tenho o prazer de anunciar-lhe que a nomeação do padre Guitrel (Joaquim) para o bispado de Tourcoing aparecerá amanhã no *Diário Oficial.* Não é para me gabar, mas asseguro que não foi fácil deslindar o caso. O núncio é perito no emprego de meios para adiar decisões. Essa espécie de gente dispõe de uma força de inércia prodigiosa... Enfim, está feito!

– Tanto melhor! – respondeu a senhora Worms-Clavelin. Estou certa de que prestou serviço ao Partido Republicano Progressista e que os moderados não terão do que se rejubilar com o novo bispo.

– Enfim – disse Maurício Cheiral –, está satisfeita.

E depois de um longo silêncio insistiu:

– Imagine que não dormi a noite inteira. Estava impaciente por vê-la.

O mais estranho era que falava a verdade, a expectativa dessa mera aventura o agitara. Mas falava num tom zombeteiro e numa voz arrastada, e tinha ar de quem mente. Além disso, faltavam-lhe segurança e decisão.

A senhora Worms-Clavelin pensava sair ilesa do fiacre. Escolheu uma expressão grave e meiga e uma voz simpática:

– Agradecida, caro senhor. Deixe-me aqui, se quiser. Meus respeitos à senhora sua mãe.

Estendeu-lhe a mão, sua mãozinha curta, envolta em luvas muito sujas. Mas ele a reteve. Tornou-se solícito e terno, cheio de amor-próprio e sensualidade. Ela antecipou, desde logo, o que devia acontecer.

– Estou enlameada demais – disse-lhe no momento em que ele fazia o possível para constatar isso por si mesmo.

Enquanto ele perseguia sua ideia através dos obstáculos do lugar e das circunstâncias, ela revelava bom gosto e simplicidade. Com perfeito tato evitou tudo o que poderia haver de chocante numa prolongada resistência e num abandono muito rápido. Ao mesmo tempo, quando as audácias de Maurício se tornaram evidentes e decisivas, ela evitou toda expressão que pudesse revelar indiferença irônica ou participação interessada. Foi perfeita. Não tinha, de resto, nenhum mau sentimento em relação ao pequeno homem de Estado, que era tão cândido quando se julgava perverso; e lamentava, de coração, não ter pensado convenientemente na sua roupa íntima para as circunstâncias. Fora sempre descuidada com a roupa de baixo. Mas, desde alguns anos, essa negligência tornava-se realmente excessiva. Seu grande mérito fora o de se prevenir contra qualquer ênfase ou exagero.

Depois de algum tempo, Maurício pareceu subitamente tranquilo, indiferente, um pouco enfadado. Falava de coisas completamente estranhas à situação presente, olhando a rua indistinta através da vidraça. Dir-se-ia que o fiacre rolava no fundo de um aquário. Só se viam, envoltos na água, os lampiões e, de quando em quando, os vidros grandes e vistosos de um farmacêutico.

– Que chuva! – suspirou a senhora Worms-Clavelin.

– Este mau tempo já dura oito dias – respondeu Maurício Cheiral. – Está lastimável. Porventura é assim, também, na sua terra?

– Nosso departamento é o mais chuvoso da França – respondeu a senhora Worms-Clavelin, com uma encantadora meiguice. – Mas nunca há lama nas grandes alamedas arenosas da Prefeitura. Além disso, nós, provincianas, usamos tamancos.

– Imagine – disse Cheiral – que não conheço sua cidade.

– Há passeios encantadores – retrucou a senhora Worms-Clavelin –, e podem-se realizar excursões agradabilíssimas nas cercanias. Venha, pois, ver-nos. Meu marido ficará satisfeito.

– Ele gosta do seu departamento?

– Sim. Está contente. Ele acertou.

Por sua vez, ela tentava, os olhos contra as vidraças, vencer a sombra espessa, atravessada por clarões fugidios.

– Onde estamos? – indagou.

– Devemos estar longe de tudo – respondeu Cheiral com desvelo. – Onde quer que a deixe?

Ela pediu que a deixasse numa estação. Ele não dissimulou mais a vontade de deixá-la.

– Preciso passar na Câmara – disse. – Não sei o que fizeram hoje.

– Ah! – replicou ela. – Havia sessão?

– Sim – disse ele –, nada importante, creio. Uma reforma de tarifa. Mas nunca se sabe. Vou dar uma passada por lá.

Separaram-se com prazer, com facilidade. Como a senhora Worms-Clavelin tomasse um fiacre no boulevard de Courcelles, perto das fortificações, ouviu anunciar os jornais da noite, e vendedores apressados passavam por ela, as folhas desdobradas. O jornal trazia enorme manchete. Leu estas palavras: "Queda do Ministério."

A senhora Worms-Clavelin seguiu com o olhar por um momento esses homens e essas vozes que se perdiam na sombra úmida. E pensou que, se Loyer apresentasse essa noite sua demissão ao presidente da República, provavelmente não faria publicar no *Diário Oficial*, na manhã seguinte, a nomeação episcopal. Pensou que a cruz de oficial do marido talvez não fosse mais incluída no testamento do ministro do Interior e que, desse modo, fora em vão que passara meia hora entre as cortinas azuis de um fiacre. Não que lastimasse o sucedido, mas não gostava de fazer esforço inútil.

– Para Neuilly – disse ela ao cocheiro –, boulevard Bineau, no convento das damas do Saint-Sang.

Sentou-se pensativa no carro solitário. Os gritos dos vendedores ambulantes atravessavam as vidraças. Dizia, de si para si, que talvez, no fim das contas, a notícia fosse exata. No entanto, não comprava o jornal por desconfiança e menosprezo de tudo quanto se imprimia nas folhas e por uma espécie de ponto de honra que mantinha em não ser roubada, ainda que fosse em 1 vintém. Pensava que se o Ministério realmente caía justo no momento em que fora amável para ele, seria exemplo chocante da ironia do destino e de certa malignidade que flutua sempre em torno de nós como um ar sutil. Perguntava a si mesma se o chefe do gabinete de Loyer já não sabia, desde as grades do parque, a notícia agora proclamada pelos pregões. Diante dessa suspeita, o sangue subiu-lhe às faces como se o seu pudor tivesse sido ludibriado e a sua fé, surpreendida. Pois, nesse caso, Maurício teria zombado dela. E isso ela não suportava. Mas sua firme razão e sua experiência em negócios asseguravam-lhe logo que não era preciso inquietar-se com o que dizem os jornais. Pensou sem alarme no padre Guitrel e felicitou-se por ter contribuído, na medida de suas forças, para a elevação desse excelente eclesiástico à cadeira do bem-aventurado Loup. Enquanto isso, ajeitava o vestido, a fim de aparecer com decência no parlatório das damas do Saint-Sang, que se ocupavam da educação de sua filha.

A bruma era mais pálida nas avenidas desertas, das terras úmidas e planas de Neuilly. E na chuva mais clara as árvores despojadas erguiam-se elegantes e robustas. A senhora Worms-Clavelin viu choupos, e isso evocou nela o campo, que ela amava cada dia com mais intensidade.

Tocou a campainha à porta gradeada, que sustentava, sobre um escudo de pedra, a luva na qual José de Arimateia recolheu o sangue do Santo Salvador. Atendendo à sua solicitação, a irmã rodeira mandou chamar a menina Clavelin.

E a senhora Worms-Clavelin entrou no parlatório claro, com cadeiras de crina. Ali, diante da Virgem de branco e azul que abria as mãos cheia de graça, a mulher do prefeito sentiu-se invadida de um sentimento religioso muito intenso e suave. Para ser cristã, faltava-lhe ainda o batismo. Mas mandara batizar a filha e educava-a na religião católica. Inclinava-se, com a República, para a pequena burguesia. Num impulso sincero do coração, saudou devotadamente a boa Virgem de manto azul, que as damas da alta sociedade evocam nos momentos difíceis. Com um ardor místico que o judaísmo nunca satisfizera, agradeceu à Providência, diante de Maria de braços abertos, as vantagens que lograra na existência. Estava reconhecida a Deus porque, nascida na miséria de Montmartre, tendo na infância batido as calçadas dos boulevards com as solas rotas dos sapatos, vivia agora na boa sociedade, pertencendo às classes dirigentes, participava da alta administração do país, e em todas as transações (porque, enfim, a vida é difícil e temos, às vezes, necessidades imprevistas) nunca tivera contatos senão com pessoas de sociedade.

– Bom dia, mamãe!

A senhora Worms-Clavelin colocou a filha, antes de tudo, sob a lâmpada, para examinar-lhe os dentes. Era sempre seu primeiro cuidado. Contemplou, logo depois, se as bordas das pálpebras não tinham a brancura que denunciava anemia, se a cintura não se deslocara, se as unhas não estavam roídas. Quando se sentiu certa de todos esses pontos, informou-se do estudo e do comportamento. Sua solicitude inspirava-se em bom senso e numa ciência superior da vida. Era uma excelente mãe.

E quando, enfim, tiveram de separar-se, ao toque do sino que marcava o estudo da noite, a senhora Worms-

Clavelin tirou do bolso uma caixa de balas de chocolate, que estava toda amassada, esmagada, descascada, terrivelmente achatada.

A menina Clavelin pegou-a e disse, zombando:

– Oh! Mamãe, ela parece ter saído de uma batalha.

– Com esse tempo horrível! – disse a senhora Worms-Clavelin, dando de ombros.

Essa noite, depois do jantar, no salão do *family-house*, ela encontrou na mesa um grande jornal da noite cujas informações eram dignas de confiança. Soube que o Ministério não fora nem derrubado nem sequer abalado. Era certo que ficara em minoria na abertura da sessão, mas fora a propósito da fixação da ordem do dia. Obtivera logo, sobre o fundamento da própria questão, maioria, de cinco votos.

Ela ficou satisfeita e, pensando no marido, disse consigo: "Luciano ficará feliz em saber que Guitrel foi nomeado bispo."

21

— Mande entrar o senhor Guitrel – disse Loyer.

No seu gabinete, por trás dos processos empilhados na secretária, o ministro mal se deixava perceber, velhinho, de óculos e bigodes grisalhos, nariz obstruído, lacrimoso, zombeteiro e rabugento, homem de bem, tendo conservado, nas honrarias e no poder, os modos de um professor de direito. Retirou os óculos para limpá-los. Estava curioso de ver esse padre Guitrel, candidato ao episcopado, que lhe chegara precedido de um cortejo brilhante de mulheres.

A linda provinciana, senhora de Gromance, fora a primeira, nos últimos dias de dezembro. Dissera-lhe, sem rodeios, que era necessário nomear o padre Guitrel bispo de Tourcoing. O velho ministro, que amava ainda o odor de mulher, conservara longamente entre as suas a mãozinha da senhora de Gromance, acariciando com a ponta do dedo, entre a luva e a manga, o ponto do pulso onde a pele é mais suave, sobre o traçado azul das veias. Mas não ousara muito porque, com a idade, tudo se tornava difícil, e também pelo receio de parecer ridículo, pois tinha amor-próprio. Fora, ao menos, erótico em palavras. Pedira, segundo seu costume, à senhora de Gromance, notícias do "velho *chouan*." Era assim que chamava, familiarmente, o senhor de Gromance. De tanto rir, seus olhos tinham derramado lágrimas por todas as rugas, por detrás dos vidros azulados dos óculos.

A ideia de que o "velho *chouan*" era um marido enganado causava no ministro da Justiça e dos Cultos uma alegria verdadeiramente imensa. Diante disso, ele olhava a senhora de Gromance com maior curiosidade, interesse e prazer, não tendo razão, talvez, de fazê-lo. Mas, sobre os despojos de sua compleição amorosa, ele erguia agora gozos espirituais, dos quais o mais vivo era avaliar a infelicidade do senhor de Gromance no justo momento em que contemplava sua voluptuosa construtora.

Durante os seis meses que passara no interior, num gabinete radical, conseguira reunir, por intermédio do prefeito Worms-Clavelin, notas confidenciais sobre o casal de Gromance, de sorte que estava muito a par dos amantes de Clotilde e desfrutava a satisfação de sabê-los numerosos. Enfim, acolhera da melhor forma a solicitante, garantindo-lhe estudar de perto o processo do senhor Guitrel, sem todavia prometer nada, pois era bom republicano, não submetendo os negócios do Estado aos caprichos das mulheres.

Depois, fora a baronesa Bonmont, as mais belas espáduas de Paris, que lhe solicitara, nas recepções do Elysée, em favor do padre Guitrel. Por fim, a senhora Worms-Clavelin, esposa do prefeito, viera, muito gentil, instilar-lhe no ouvido uma palavra de recomendação do bom padre Guitrel.

Loyer estava ansioso para ver, com os próprios olhos, esse padre que movimentara tantas saias. Indagava a si mesmo se não se ia achar em presença de um desses rapagões de batina, que a Igreja atira, desde alguns anos, nas reuniões públicas e até na Câmara dos Deputados, jovens alegres, fortes em cores e fortes de boca, tribunas pios e rústicos, violentos e ardilosos, dominadores dos simples e de mulheres.

O padre Guitrel entrou no gabinete do ministro, a cabeça inclinada para o ombro direito e segurando, com as mãos juntas, seu chapéu sobre o ventre. Não tinha mau aspecto, mas o propósito de agradar e o respeito aos poderes constituídos tornavam menos visível o cuidado com que procurava manter a dignidade sacerdotal.

Loyer notou que ele tinha papada e a cabeça pontuda, era obeso, estreito de ombros e untuoso.

"Que é que as mulheres viram nele?", pensou.

A conversa foi, a princípio, insignificante, de uma e de outra parte. Mas, depois de interrogar o padre Guitrel acerca de alguns pontos da administração eclesiástica e ouvir suas respostas, Loyer percebeu que aquele homem rotundo falava com clareza e tinha espírito justo.

Lembrava-se de que o diretor dos Cultos, senhor Mostart, não se opunha à escolha do padre Guitrel para o bispado de Tourcoing. O senhor Mostart, de fato, não lhe esclarecera bem. Desde que os ministros clericalistas se alternavam com os ministros anticlericais, o diretor dos Cultos não interferia mais na escolha dos bispos. Esse assunto tornara-se delicadíssimo. Ele tinha casa em Joinville, gostava de jardinagem e de pescar de caniço. Seu projeto mais querido era escrever a história anedótica do teatro Bobino, cujo esplendor conhecera. Envelhecia tranquilo. Não defendia suas próprias opiniões com tenacidade. Dissera, na véspera, ao ministro: "Proponho o padre Guitrel, mas tanto faz o padre Guitrel ou o padre Lantaigne, como diria nosso tio, "é boné branco ou branco boné". Assim se pronunciara o senhor diretor dos Cultos. Mas Loyer, velho legista, distinguia sempre.

Pareceu-lhe que o padre Guitrel tinha algum bom senso e não era de todo fanático.

– O senhor não ignora, absolutamente, reverendo – disse-lhe –, que o falecido bispo de Tourcoing, senhor Duclou, caíra ultimamente na intolerância, dando, além do que seria justo, trabalho ao Conselho do Estado. Que lhe parece?

– Ai de mim! – respondeu suspirando o padre Guitrel. – É verdade que senhor Duclou, no declínio dos dias e das forças, enquanto se encaminhava para as eternas bodas, fez ouvir protestos talvez infelizes. Mas a situação, a esse tempo, era difícil. Ela mudou bastante, e seu sucessor poderá trabalhar com proveito na pacificação dos espíritos. O que é indispensável conseguir é a paz sincera. O caminho está bem traçado. Convém entrar nele resolutamente e percorrê-lo até o fim. Efetivamente, as leis escolares e as leis militares não impõem obstáculos. Subsiste apenas, senhor ministro, a questão dos religiosos e do fisco. Essa questão, é necessário reconhecê-lo, é sumamente importante numa diocese como a de Tourcoing, semeada, se me permite dizer, de institutos religiosos de todas as espécies. Por isso já a examinei de muito perto, e posso, se quiser, resumir o resultado do exame.

– Os frades – disse Loyer – não gostam de pagar nunca. Eis a verdade.

– Ninguém gosta de pagar, senhor ministro – replicou o padre Guitrel. – E Vossa Excelência, tão competente em matéria de finanças, sabe entretanto que há uma arte de esfolar o contribuinte sem fazê-lo gritar. Por que não adotar essa arte em relação aos nossos pobres religiosos, que são excelentes franceses, para não deixarem de ser bons contribuintes? Note, senhor ministro, que estão sujeitos, primeiramente, aos impostos de direito comum.

– Naturalmente – disse Loyer.

– Em segundo lugar, à mão-morta – prosseguiu o padre.

– E o senhor se queixa? – perguntou o ministro.

– De modo algum – respondeu o padre. – Faço as contas. As boas contas fazem sempre bons amigos. Em terceiro lugar, ao imposto de quatro por cento sobre lucros dos bens móveis e imóveis. E quarto, ao direito de incorporação estabelecido pelas leis de 28 de dezembro de 1880 e 29 de dezembro de 1884. É o último imposto, como sabe, senhor ministro, cuja procedência foi contestada por diversas congregações que protestaram, em certas dioceses, de acordo com seus pastores. A agitação não está acalmada de todo por toda parte. É sobre esse ponto, senhor ministro, que tomo a liberdade de expor as ideias que me orientariam a conduta, se tivesse a honra de me sentar na cadeira de São Loup.

O ministro, em sinal de aprovação, virou sua poltrona para o lado do padre Guitrel, que prosseguiu nestes termos:

– Em princípio, senhor ministro, reprovo o espírito de revolta, censuro as reivindicações tumultuosas e sistemáticas. Desse modo, não faço mais do que me conformar com a Encíclica *Diuturnum illut*, pela qual Leão XIII, a exemplo de São Paulo, recomenda a obediência aos poderes civis. Aí está o que diz respeito ao princípio. Abordemos o fato. Realmente, percebo que os religiosos da diocese de Tourcoing se encontraram, em relação ao fisco, sob diversas condições, que lhes dificultam uma ação comum. Com efeito, existem nessa circunscrição eclesiástica congregações autorizadas e congregações não reconhecidas, congregações dedicadas a obra de assistência gratuita a pobres, velhos ou órfãos e congregações que têm por fim uma vida espiritual e contemplativa. Elas são inspiradas diversamente, em razão das naturezas diversas. Julgo que a contrariedade de seus interesses lhes quebra a resistência se o bispo não constitui, por si mesmo, o resumo de suas reivindicações, o que, de minha parte, cuidaria de fazê-lo, se fosse o chefe espiritual delas. Deixaria, senhor ministro, os irregulares de minha diocese, incertos e divididos, a fim de garantir a paz da Igreja na República. Quanto ao meu clero secular – acrescentou com voz firme –, responderia por ele como um general responde por suas tropas.

Tendo falado assim, o padre Guitrel desculpou-se de ter desenvolvido seu pensamento tão extensamente e abusado dos preciosos instantes de Sua Excelência.

O velho Loyer não respondeu. Mas inclinou a cabeça, em sinal de aprovação. Achava que Guitrel, para um sujeito de batina, até que não era um espírito tão mau.

22

Tendo dispensado o carro, a senhora de Bonmont embarcou num fiacre, na place de l'Europe, onde ela amava Rara, entre o barulho dos caminhões e o apito das máquinas.

Teria preferido jardins; mas o amor não se faz sempre sob os mirtos, ao murmúrio das fontes. Pelas ruas, onde as luzes se acendiam na bruma da noite, a senhora de Bonmont formulava tristes pensamentos. Em verdade, o padre Guitrel fora nomeado bispo de Tourcoing. Ela rejubilava-se. Entretanto, essa alegria não enchia toda a sua alma. Rara, em virtude do humor sombrio e dos apetites ferozes, desesperava-a. Não ia mais senão tremendo ao seu encontro, ao que outrora chamava, com tanto ardor, a hora deliciosa. De natureza tranquila e confiante, a senhora de Bonmont receava agora, para ele e para ela própria, perigos, uma catástrofe, um escândalo. O estado moral do amigo, que nunca fora satisfatório, agravara-se de súbito. Desde o suicídio do coronel Henry, Rara tornara-se horroroso. Um sangue acre, como vitríolo, corroera sua pele, marcando-lhe a fronte, as pálpebras, as faces, com fumaça, enxofre e fogo. Por motivos ignorados, os quais não conseguia desvendar, esse caro amigo, desde 15 dias, não aparecia no domicílio que escolhera, em frente ao Moulin-Rouge, que era seu domicílio oficial. Mandava buscar suas cartas e recebia visitas no pequeno sótão, alugado pela senhora de Bonmont para outro fim.

Subiu a escada lentamente, tristemente. Mas, no batente da porta, a esperança de encontrar o Rara delicioso dos primeiros tempos insinuou-se em seu coração. Ai dela! A esperança enganava-a. Foi acolhida com palavras amargas:

– Por que veio? Você também me menospreza.

Ela protestou.

Era bem verdade que não o menosprezava, que o admirava, com sua alma de gata amorosa. Colou os lábios tintos e frescos nos bigodes do amigo, beijando-o entre soluços; ele, porém, a repeliu, pondo-se a caminhar furiosamente entre os dois quartos azuis.

Ela desamarrou sem ruído o pequeno pacote de doces que trouxera e disse, numa voz apagada, onde não luzia qualquer esperança:

– Quer um babá? É com *kirsch*, como você gosta.

Ela estendeu-lhe o babá, entre dois dedos finos e cobertos de açúcar.

Mas, não se dignando ver nem ouvir coisa alguma, ele prosseguiu na marcha monótona e feroz.

Ela, então, os olhos brilhantes de lágrimas, o peito inchado de suspiros, retirou o veuzinho espesso e negro que, como pequena máscara, lhe disfarçava metade do rosto e pôs-se a comer um *éclair* de chocolate, no silêncio e na imobilidade.

Depois, não sabendo o que dizer nem o que fazer, tirou da bolsa um estojo, que escolhera no seu joalheiro, abriu-o e, mostrando a Rara o anel de bispo que se encontrava nele, disse numa voz tímida:

– Veja o anel do senhor Guitrel. Esta pedra é bela, não? É uma ametista da Hungria. Acha que o senhor Guitrel ficará contente?

– Estou-me lixando... um pouco – respondeu Rara.

Desolada, ela colocou o estojo na mesa de *toilette.*

Entretanto, ele retomara o curso das ideias ordinárias, e exclamou:

– Não há a menor dúvida! Arrebentarei um!

Ela contemplou-o com um ar interrogativo, tendo observado que ele prometia matar todo mundo e não matava ninguém.

Ele leu-lhe o pensamento. Foi terrível.

– Eu bem sabia que você me desprezava!

Esteve prestes a bater-lhe. Ela chorou muito. Ele, tornando-se dócil, pintou-lhe o horrível quadro de seus embaraços financeiros.

Ela emocionou-se, mas não lhe prometeu nenhuma grande soma, primeiro, porque não estava de acordo com seus princípios dar dinheiro a um amante e, depois, porque temia que ele fugisse, se lhe facilitasse a partida.

Saiu tão aturdida do pequeno sótão azul que esqueceu o anel de ametista na mesa de *toilette*.

23

— Está trabalhando, caro mestre? Atrapalho-o? – disse o senhor Goubin, entrando no gabinete de monsieur Bergeret.

– De modo algum – respondeu o professor de literatura latina. – Divertia-me. Traduzia um texto grego, da época alexandrina, recentemente descoberto em Philæ num túmulo.

– Eu lhe agradeceria se me desse a conhecer a tradução, caro mestre – disse o senhor Goubin.

– Farei isso, com muito prazer – disse monsieur Bergeret.

E começou a ler:

SOBRE HÉRCULES ÁTIMOS

O vulgar atribui a um Hércules único ações realizadas por vários heróis com esse nome. Segundo nos ensina Orfeu, Hércules trácio é mais um deus do que um herói. Não me deterei aí. Os tiranos conheciam outro Hércules, ao qual atribuíam trabalhos que não são facilmente críveis. O que se sabe menos é que Alemena deu à luz dois gêmeos, que se pareciam muito e que receberam ambos o nome de

Hércules. Um era filho de Júpiter, o outro, de Anfitrião. O primeiro mereceu, por suas ações, beber à mesa dos deuses, na copa de Hebe, e nós o temos como um deus. O segundo não foi, de modo algum, digno de louvores; por isso, é que foi chamado Hércules Átimos.

O que sei a seu respeito ouvi de um habitante de Elêusis, homem previdente e sábio, que recolheu muitas histórias antigas. Eis aqui o que me contou esse homem:

Hércules Átimos, filho de Anfitrião, recebeu do pai, ao sair da adolescência, um arco e flecha, obra de Vulcano, que causava aos homens e aos animais morte certa. Ora, um dia em que, nos desfiladeiros de Citeron, caçava gruas migradoras, encontrou um boiadeiro, que lhe disse:

– Filho de Anfitrião, um homem injusto rouba, todo dia, algum boi de nossos rebanhos. Tu brilhas de mocidade e de força. Se puderes esperar esse ladrão de bois e feri-lo com tuas flechas divinas, receberás grandes elogios. Mas não é fácil apanhá-lo. Seus pés são maiores do que os dos outros homens, e muito rápidos.

Átimos prometeu ao boiadeiro punir o valente e retomou seu caminho. Tendo mergulhado nas gargantas da montanha, percebeu, longe, numa trilha, um homem que lhe pareceu perverso. Supondo que fosse o ladrão de bois, matou-o a flechadas. Mas enquanto o sangue do homem corria, ainda fresco, nas anêmonas silvestres, Palas Ateneia, a deusa dos olhos claros, desceu do Olimpo e veio à montanha diante de Hércules, que não a reconheceu, pois tomara o aspecto de um velho servo de Anfitrião. E a deusa dirigiu-lhe estas palavras:

– Divino filho de Anfitrião, esse homem que mataste não é o bandido, ladrão de bois. É um homem correto. Conhecerás facilmente o culposo pelo rasto de seus passos no pó Pois seus pés são maiores do que os dos outros homens Este, que morreu, vivia vida inocente. É por isso que deves pedir, com lágrimas, ao divino Apolo, que lhe devolva a vida. Apolo não recusará o que pedires, se estenderes para ele as mãos suplicantes.

Mas Átimos, colérico, respondeu:

– Puni esse homem por sua maldade. Acreditas, velho, que eu seja um homem sem discernimento e atirando ao acaso? Cala-te, foge, insensato! Ou farei que te arrependas da audácia.

Os jovens pastores que brincavam com as cabras nos desfiladeiros de Citeron, tendo ouvido as palavras de Átimos, perseguiram-nas com tais louvores que a montanha retiniu e os pinheiros antigos agitaram-se, com um longo estremecimento. E Palas Ateneia, a deusa dos olhos claros, ascendeu ao Olimpo nebuloso.

Enquanto isso, Átimos, retomando a corrida, encontrou-se, breve, no rasto do ladrão de bois, cujas costas percebeu a pequena distância. Reconheceu-o facilmente pelo sinal dos passos que esse homem deixava atrás de si, na areia. Pois essa marca era bem maior do que as dos outros pés humanos.

E o herói conjeturou, no coração:

– É preciso que se creia que esse homem é inocente, para que se acredite que matei o culpado e que minha glória fulgure entre os homens.

Tendo assim pensado, no coração, chamou o homem, dizendo-lhe:

– Amigo, presto-te homenagem porque tu és correto e alimentas pensamentos justos.

E tirando da aljava uma das flechas forjadas por Vulcano, deu-a ao homem, pronunciando estas breves palavras:

– Toma esta flecha, obra de Vulcano. Todos quantos a perceberem nas tuas mãos te honrarão e serás julgado digno da amizade de um herói – disse.

O malvado tomou a flecha e afastou-se. E a divina Ateneia, a deusa dos olhos claros, desceu do Olimpo nebuloso. Tomou a forma de um pastor, cheio de meiguice, aproximando-se de Átimos, e disse-lhe:

– Filho de Anfitrião, absolvendo o culpado, mataste o inocente, de novo. Essa ação não te valerá a glória entre os homens.

Mas Átimos não reconheceu a deusa venerável e, supondo que era um pastor, disse-lhe, cheio de fúria:

– Coração de veado, odre de vinho, cão, vou extrair-te a alma!

E levantou contra Palas Ateneia o pau mais duro do que o ferro de seu arco, obra de Vulcano.

– Falta o resto – disse monsieur Bergeret, deixando o papel na mesa.

– É pena – disse o senhor Goubin.

– É pena, com efeito! – disse monsieur Bergeret. – Tive um grande prazer traduzindo o texto grego. É preciso distrair-se dos negócios atuais.

24

Nas primeiras brumas da noite a senhora de Bonmont vinha num fiacre, de coração apertado, rever Rara e buscar o anel de ametista. Mas receava alguma desgraça. Quando o fiacre, tendo passado a ponte da Europa, parou diante da porta do amigo, a senhora de Bonmont viu que a entrada estava escura de chapéus e sobrecasacas. Havia um movimento que tinha muito de mudança e de funerais. Alguns homens amontoavam num fiacre caixas de papelão e papéis amarrados. Outros desciam uma pequena mala, e a senhora de Bonmont reconheceu a velha valise, cheia de papel timbrado, onde Rara tinha tantas vezes mergulhado furiosamente os dois braços cabeludos e o rosto congestionado.

Ficou gelada de espanto quando ouviu a zeladora descabelada dizer-lhe ao ouvido:

– Não entre! Fuja! Estão aqui o juiz e o comissário com a polícia. Apreenderam papéis em casa do seu amigo e interditaram a porta.

O fiacre levou a senhora de Bonmont arrasada. No abismo onde se sentira cair, ao deixar de seu amor perdido, pensava entretanto:

– E o anel do senhor Guitrel também está interditado!...

25

Havia três meses que se falava a respeito. Monsieur Bergeret contava com amigos em Paris que nunca o tinham visto: esses amigos são os mais certos. Agem por motivos espirituais, superiores e absolutos, e são ouvidos quando fazem um comentário favorável. Os amigos de monsieur Bergeret decidiram que seu lugar era em Paris. Pensou-se em fazê-lo vir. O senhor Leterrier lançou mão de todo o seu poder. Um dia assim se fez.

Monsieur Bergeret foi encarregado de um curso na Sorbonne. Saindo da casa do decano, o senhor Torquet, que lhe anunciara a nomeação nos mais corretos termos, monsieur Bergeret, encontrando-se na rua, viu os tetos de ardósia e as paredes de pedra escura que vira tantas vezes, a bacia de fazer barba que balançava à porta do barbeiro, a vaca ruiva que era o símbolo do leiteiro, a pequena serpente de bronze que cuspia água na esquina do *faubourg* de Josde; e essas coisas familiares, de súbito, pareceram-lhe estranhas. Nessas calçadas, pelas quais, tantas vezes e durante longo tempo, guiara os passos sobrecarregados pela tristeza ou a fadiga, aliviados por um pouco de alegria ou de contentamento, seus pés subitamente pareciam desacostumados. A cidade, cujas abóbadas e torres ele via se erguerem no céu cor de cinza, parecia-lhe uma cidade estrangeira, já longínqua, apenas real, menos uma cidade do que a sombra de uma cidade. E essa sombra tornava-se difusa. As pessoas, como as coisas, pareciam-lhe distantes e reduzidas aos olhos. O carteiro, duas governantas e o escrevente do Tribunal, que encontrou, davam-lhe a impressão de passar numa tela cinematográfica, tão pouco reais se mostravam, vivendo a vida que ele próprio vivia.

Depois de ter suportado por alguns instantes essas impressões singulares, tomou cautela, pois tinha o espírito ponderado e a faculdade de se observar. Desse modo, procurava um inesgotável motivo de surpresa, ironia e piedade.

– Eis então – disse consigo – que esta cidade onde vivi 15 anos se torna, de repente, estranha aos meus olhos, porque vou deixá-la. Mais ainda: perdeu, para mim, de alguma forma, a realidade. Não mais existe, desde que deixou de ser a minha cidade. Não é mais senão uma expressão vã. É que os vários objetos consideráveis que aqui se acham só me interessavam porque eu os trazia em mim. Agora que me afasto, não ocupam meus sentidos. Desse modo, pois, esta cidade populosa, assentada na sua colina à margem de um grande rio, este antigo *oppidum* dos gauleses, esta colônia onde os romanos construíram um circo e templos, esta cidade forte, que abrigou três sítios memoráveis onde se reuniram concílios, que foi enriquecida com uma basílica, cuja cripta subsiste ainda, com uma catedral, com uma colegiada, com 16 igrejas paroquiais, com mais de sessenta capelas, com uma Câmara Municipal, mercados, hospitais, palácios, que desde tempos remotos, reunida ao domínio real, se tornou a capital de uma província e ostenta ainda, no frontão do palácio do governador, transformado em caserna, seu brasão de armas, cercado de Virtudes e de leões, esta cidade, hoje sede de um arcebispado, de uma Faculdade de Letras, de uma Faculdade de Ciências, de um Tribunal de Primeira Instância e de uma Corte de Apelação, cabeça de um rico departamento, eu trazia inteira em mim apenas. Povoava-a comigo apenas. Ela só existia por mim. No momento em que parto, ela desfalece. Não me adivinhava um espírito subjetivista até a demência. Ninguém se reconhece e pode-se ser monstro sem o saber.

Desse modo, monsieur Bergeret analisava-se com exemplar sinceridade. Mas, vindo a passar diante de Saint-Exupère, deteve-se sob o frontispício do Juízo Final. Nunca deixou de apreciar essas velhas esculturas narrativas, de se divertir com essas histórias talhadas na pedra. Certo diabo que tinha cabeça de cão e um rosto de homem no lugar das nádegas divertia-o particularmente. Atrás dele arrastava-se uma fila de danados acorrentados, e as duas fisionomias exprimiam verdadeiro contentamento. Havia também um pequeno monge, que um anjo prendia pelas mãos para içá-lo ao céu e que era puxado pelos pés por um diabo. Isso agradava imenso a monsieur Bergeret. Mas ele nunca olhara essas figuras com tanto interesse como agora, quando estava para deixá-las.

Não podia tirar os olhos dali. Essa ideia ingênua do Universo que operários mortos havia mais de quinhentos anos tinham exprimido enternecia-o. Achava-a adorável por seu absurdo. Lamentava não tê-la estudado melhor até então, nem tê-la avaliado com bastante simpatia. Pensava que esse frontispício do Juízo Final, que vira dourado pelo Sol e azulado pela Lua, risonho na luz branca ou enegrecido pelo inverno, dentro de pouco tempo, não mais o veria.

Sentiu, então, que estava ligado às coisas por laços invencíveis, que não se rompem sem mágoa, e foi tomado, de súbito, por uma grande piedade por sua cidade. Acariciava as velhas pedras e as árvores antigas. Desviou-se do caminho, para ver no canteiro um olmo que amava entre todos. Era aquele em cuja sombra tinha por hábito sentar-se, no verão, ao cair da tarde. A linda árvore, no momento despojada de folhas, desdobrava nua e escura, sob o céu, os poderosos e finos galhos. Monsieur Bergeret contemplou longamente. O gigante tranquilo não tinha estremecimentos nem murmúrios. O mistério de sua vida pacífica inspirou meditações profundas a esse homem, que partia para um novo destino.

Desse modo monsieur Bergeret compreendeu que amava a terra de sua pátria e sua cidade, onde suportara tribulações e desfrutara alegrias pacíficas.

26

O senhor Guitrel, bispo de Tourcoing, dirigiu ao presidente da República a seguinte carta, cujo texto foi publicado *in extenso* pelos jornais *A Semana Religiosa*, *A Verdade*, *O Estandarte*, *Estudos sérios* e por diversos outros periódicos da diocese.

Senhor Presidente,

Antes de levar aos vossos ouvidos justas queixas e reivindicações muito bem fundadas, deixai-me gozar, durante um curto momento, a doçura profunda de me sentir em perfeito acordo convosco num ponto que deve, com efeito, ser-nos comum; permiti que, devassando os sentimentos que devem agitar-vos, nesses longos dias de provação e consolação, eu me junte a vós, num ímpeto patriótico. Oh!, quanto deverá ter gemido vosso coração generoso quando viu esse punhado de homens desviados atirar a injúria ao Exército, sob pretexto de defender a justiça e a verdade, como se pudesse haver aí uma verdade e uma justiça em oposição à ordem das sociedades e à hierarquia dos poderes instituídos pelo próprio Deus na Terra! E de que alegria esse mesmo coração foi inundado, com o espetáculo da nação inteira de pé, sem exceção de partido, para aclamar nosso valoroso Exército, o Exército de Clovis, de Carlos Magno, e de São Luís, de Godefroy de Bouillon, de Joanna D'Arc e de Bayard, para lhe abraçar *a* causa e vingar as injúrias. Oh!, com que satisfação contemplastes a vigilante sabedoria da nação desarticulando as conjuras dos orgulhosos e dos maus!

Certo, não se pode negar que a honra de uma conduta tão louvável reflete sobre toda a França. Mas vosso olhar é muito perspicaz, senhor Presidente, para não ter reconhecido a Igreja e seus fiéis à frente dos sustentáculos da ordem e dos poderes. Eles aí estavam, na primeira fila, saudando com respeito e confiança o Exército e seus chefes. Não era aí o lugar dos servidores daquele que quis ser denominado *o* Deus dos exércitos e que, segundo a forte expressão de Bossuet, os santificou, atribuindo-lhes esse nome? É desse modo que encontrareis sempre em nós os mais seguros sustentáculos da regra e da autoridade. E nossa obediência, que não recusamos aos príncipes, nossos perseguidores, não se fatigará nunca. Possa, em troca, vosso governo nos olhar com olhos de paz e tornar-nos a obediência amável! Entretanto, nossos corações se exultam contemplando esse aparelho guerreiro, que nos faz respeitados no exterior, e vendo-vos, vós mesmo, rodeado, em vossa tribuna de honra, de um brilhante estado-maior, a exemplo do rei Saul, tão grande em sua coragem e seu caráter que ligava à sua pessoa os guerreiros mais bravos.

Oh, como desejaria concluir esta carta como a comecei, com palavras de alegria e contentamento, e quanto me seria agradável, senhor Presidente, associar vosso venerado nome às conclusões da paz religiosa, do mesmo modo que acabo de associar as vantagens alcançadas, sob nossos olhos, pelo espírito de autoridade sobre o espírito de discussão! Mas, ai de mim! Não poderá ser assim. Urge que vos apresente um assunto de imensa aflição e que contrista vossa alma com o espetáculo de um grande luto. Cumprirei um dever inelutável reconduzindo vosso espírito a uma ferida aberta que é preciso fechar. Estou interessado em dizer-vos verdades dolorosas e vós tens interesse em ouvi-las. Meu dever pastoral obriga-me *a* falar.

Mas de que modo abordar esse assunto sem me sentir imediatamente invadido por uma dor esmagadora? Como vos expor, sem derramar lágrimas, o estado dos religiosos de que sou chefe espiritual? Pois é deles que se trata, senhor Presidente. Penetrando na minha diocese, que espetáculo dilacerante me feriu *o* olhar! Nas soleiras das casas pias, consagradas à educação das crianças, ao tratamento dos enfermos, ao repouso dos velhos, à instrução de nossos levitas, à meditação dos mistérios, só vi frontes inquietas e olhares aflitos. Ali, onde até bem pouco tempo reinava a alegria da inocência e a paz do trabalho, ouvia-se agora uma sombria inquietude. Suspiros subiam ao céu, e de todas as bocas escapava a mesma angústia: "Quem recolherá nossos velhos e nossos enfermos? Que será das nossas criancinhas? Onde iremos rezar?" Assim gemiam, aos pés de seu pastor, beijando-lhe as mãos, religiosos e religiosas da diocese de Tourcoing, despojados de seus bens, que são os bens dos pobres, das viúvas e dos órfãos, o pão dos clérigos, o viático dos missionários. Assim nossos regulares exalavam queixas comoventes, sob o golpe da ruína, esperando que o agente do fisco, violando a clausura de nossas virgens e a grade dos santuários, viesse penhorar os vasos sagrados no altar.

Tal é o estado a que são reduzidas as nossas comunidades religiosas, com a aplicação dessas leis de acréscimo e dessas leis de abonação, se é que se podem chamar leis disposições de um texto estúpido e criminoso. Essas expressões, senhor Presidente, não parecerão muito fortes se se examina a situação criada aos religiosos por essas medidas expoliadoras, às quais se pretende dar força de lei. Bastará, para partilhar meus sentimentos a esse respeito, um minuto de atenção. Com efeito, estando as congregações sujeitas aos impostos de direito comum, é iníquo fazê-las pagar outros. É uma primeira injustiça, que salta aos olhos. Mas, já sobre esse ponto, permiti-me, senhor Presidente, formular um protesto, tão firme quanto respeitoso. Não tenho autoridade para falar em nome de toda a Igreja. Todavia, estou certo de não fugir à boa doutrina proclamando este princípio essencial do direito: a Igreja não deve imposto ao Estado; ela apenas consente em pagá-lo. Paga-o a título gracioso, mas não *o* deve. Suas antigas isenções decorriam da sua soberania, pois o soberano não paga. Ela pode reivindicá-las sempre, a todo momento, e desde que lhe convenha. Ela não pode renunciar ao princípio de suas isenções sem renunciar aos direitos e deveres de soberana. No caso, ela mostra admirável abnegação. Eis tudo. Uma vez formuladas essas reservas, prossigo à exposição de meu raciocínio.

As congregações estão sujeitas, em matéria de finanças:

1° ao direito comum, como acabo de dizer;

2° à mão-morta;

3° a um imposto de 4% sobre a renda (leis de *1880* e *1884*);

4° ao direito de acréscimo, cujos monstruosos efeitos se pretendeu corrigir por um direito dito de abonação, em virtude do qual *o* governo desconta anualmente, sobre a parte presumida dos membros mortos, 11 francos e 25% compreendidos aí os dízimos. É verdade que, por uma falsa amabilidade, que não é na realidade senão refinamento de injustiça e perfídia, dispõe a lei que os estabelecimentos hospitalares ou escolares poderão ser aliviados dessa carga, em razão de sua utilidade – como se as casas onde nossas santas filhas pedem a Deus que perdoe os crimes da França e que ilumine seus senhores cegos não fossem tão úteis e ainda mais úteis que pensionatos e hospitais!

Mas era preciso separar os interesses pela diferença de tratamentos. Esperava-se, assim, deslocar a resistência.

Vou resumir. Somam-se os impostos de direito comum, para atormentar os congregadas, os de mão-morta, os de 4% sobre a renda e os ditos de acréscimos não de todo aliviados, mas sobrecarregados pelos ditos de abonação. Isso é tolerável? Há porventura no mundo exemplo de uma tão odiosa expoliação? Não, sois obrigado, senhor Presidente, a reconhecer que não existe absolutamente.

Do mesmo modo, quando os religiosos da minha diocese indagaram ao seu pastor o que deviam fazer, na situação a que foram reduzidos, não poderia responder-lhes de outra maneira que não fosse com estas palavras: "Resisti! É um direito e um dever, opor-se à injustiça. Resisti. Dizei: Nós não podemos."

Eles estão resolvidos a isto, senhor Presidente: e todas as nossas congregações, autorizadas ou não, educacionais, hospitalares, contemplativas, destinadas aos retiros eclesiásticos ou votadas ao preparo de missões estrangeiras, todas, malgrado a desigualdade do fisco a seu respeito, estão decididas à resistência uniforme.

Na sua encíclica *Diuturnum illud*, S.S. Leão XIII expressamente declarou que os fiéis estão dispensados de obedecer aos poderes civis desde que estes deem ordens manifestamente contrárias ao direito natural e divino. "Se algum", disse ele nessa carta admirável, "se achar colocado na alternativa de infringir as ordens de Deus ou as do príncipe, deverá seguir os preceitos de Jesus Cristo e responder: 'Mais vale obedecer a Deus do que aos homens.' Agir desse modo não é merecer a censura de desobediência; pois os príncipes, desde que sua vontade está em oposição à vontade e às leis divinas, excedem-se no poder e corrompem a justiça. A partir de então, sua autoridade não tem força, porque, aí onde não é mais justa, não existe."

Não foi, crede-me bem, sem longas meditações que encorajei meus religiosos na resistência indispensável. Considerei os danos temporais que lhes poderiam resultar. Essas considerações não puderam deter-me. Quando dissermos a vossos publicanos: *Nom possumus*, vós tentareis vencer-nos a resistência pela força. Mas que fazer quanto a isso? Penhorar as congregações? Ousá-lo-eis? As congregações não reconhecidas? Podereis?

Tereis a triste coragem de vender os móveis, e os objetos consagrados ao culto? E se é verdade, portanto, que nem a humildade dos primeiros, nem a santidade dos segundos poderá subtraí-los à vossa capacidade, é preciso que saibais, é preciso que as mulheres e os filhos de vossos colaboradores saibam que, pelo fato de realizar semelhante venda, se fica sujeito à excomunhão, cujos efeitos terríveis aterrorizam até mesmo os pecadores mais endurecidos. É necessário que todos quanto se permitam comprar qualquer objeto proveniente dessas vendas ilícitas saibam que se exporão à pena análoga.

E mesmo se formos despojados de nossos bens, expulsos de nossas moradas, o dano não será, de nenhum modo, para nós, mas para vós, que sereis cobertos das vergonhas de um escândalo inaudito. Podereis exercer contra nós as mais cruéis represálias. Nenhuma ameaça conseguirá intimidar-nos. Não tememos nem a prisão, nem as algemas. Foram os braços carregados de correntes dos pontífices que libertaram a Igreja. Aconteça o que acontecer, não pagaremos. Nada devemos e não podemos. *Nom possumus.*

Antes de chegar a este extremo julguei dever, senhor Presidente, fazer-vos conhecer a situação, na esperança de que examinareis com esse zelo de coração e essa firmeza de alma que Deus concede aos poderosos da Terra que Nele confiam. Possais, com seu auxílio, remediar os males intoleráveis que expus aos vossos olhos! Deus queira, senhor Presidente. Deus queira que, quando examinar a injustiça do fisco a respeito de nossos religiosos, vos inspireis menos em vossos conselheiros do que em vós mesmo! Pois se o chefe pode tomar conselhos, é o seu próprio que ele deve seguir. Segundo as palavras profundas de Salomão, o conselho é, no coração do homem, como uma água profunda. *Sicut aqua profunda, sic consilium in corde viri* (Prov. XX, 5).

Dignai-vos receber, senhor Presidente, o profundo respeito com o qual, etc.

† JOAQUIM.

 Bispo de Tourcoing

A carta de Sua Grandeza senhor bispo de Tourcoing foi divulgada a 14 de fevereiro.

No último dia do mesmo mês, a Agência Havas comunicou aos jornais a seguinte informação:

"O Conselho de Ministros reuniu-se ontem no Elysée.

Foi decidido no Conselho que o ministro dos Cultos formulará, diante do Conselho de Estado, denúncia por abuso contra o senhor Guitrel, bispo de Tourcoing, a propósito da sua carta ao presidente da República"

fim do volume 3

ATENDIMENTO AO LEITOR E VENDAS DIRETAS

Você pode adquirir os títulos da BestBolso através do Marketing Direto do Grupo Editorial Record.

- Telefone: (21) 2585-2002
  (de segunda a sexta-feira, das 8h30 às 18h)
- E-mail: mdireto@record.com.br
- Fax: (21) 2585-2010

Entre em contato conosco caso tenha alguma dúvida, precise de informações ou queira se cadastrar para receber nossos informativos de lançamentos e promoções.

Nossos sites:
www.edicoesbestbolso.com.br
www.record.com.br

EDIÇÕES BESTBOLSO

Alguns títulos publicados

1. *Caetés*, Graciliano Ramos
2. *Riacho doce*, José Lins do Rego
3. *Nova reunião* (3 volumes), Carlos Drummond de Andrade
4. *O Lobo da Estepe*, Hermann Hesse
5. *O jogo das contas de vidro*, Hermann Hesse
6. *O pianista*, Władisław Szpilman
7. *O império do Sol*, J. G. Ballard
8. *A lista de Schindler*, Thomas Keneally
9. *50 crônicas escolhidas*, Rubem Braga
10. *35 noites de paixão*, Dalton Trevisan
11. *Essa terra*, Antônio Torres
12. *O dia em que matei meu pai*, Mario Sabino
13. *Getúlio*, Juremir Machado da Silva
14. *Jovens polacas*, Esther Largman
15. *Os delírios de consumo de Becky Bloom*, Sophie Kinsella
16. *O diário de Bridget Jones*, Helen Fielding
17. *Sex and the city*, Candace Bushnell
18. *Melancia*, Marian Keyes
19. *O pêndulo de Foucault*, Umberto Eco
20. *Baudolino*, Umberto Eco
21. *A bicicleta azul*, Régine Deforges
22. *Lendo Lolita em Teerã*, Azar Nafisi
23. *Uma mente brilhante*, Sylvia Nasar
24. *As seis mulheres de Henrique VIII*, Antonia Fraser
25. *Toda mulher é meio Leila Diniz*, Mirian Goldenberg
26. *A outra*, Mirian Goldenberg
27. *O livreiro de Cabul*, Åsne Seierstad
28. *Paula*, Isabel Allende
29. *Por amor à Índia*, Catherine Clément
30. *A valsa inacabada*, Catherine Clément

EDIÇÕES
BestBolso

Este livro foi composto na tipologia Minion, em corpo 10,5/13, e impresso em papel off-set 63g/m² no Sistema Cameron da Divisão Gráfica da Distribuidora Record.